俞少清
・編號A004
・識別號碼APS1097016004
・2024／01／14
・人工智慧「天樞」測試人員
連續二十七次圖靈測試人機分辨正確率高達百分之百（唯一一次錯誤是自己的前男友混在其中），被譽為開發小組的惡夢。

衛恆

- 編號A016
- 識別號碼APS1097016
- [redacted]／[redacted]／[redacted]
- 人工智慧「天樞」測試人員

俞少清的（前）男友，人工智慧領域專家，外貌、才學各方面都極其優秀。第一次參與圖靈測試時沒有被俞少清分辨出來。

GOBOOKS & SITAK GROUP ©

三日月書版

唇亡齒寒
illust. コウキ
三日月書版
BL012
上

TURING TEST
CONTENTS

CONTENTS

CHAPTER [00]

序幕

TURING TEST

他躺在全透明的擬真艙中，腦後的神經接駁器已經與主電腦連接，隨時可以進行傳輸。

環顧四周，所見淨是一張張哀戚的面容。他的親朋好友，多年來與他並肩作戰的伙伴，還有與他不睦卻依舊欽佩他的意志、願意前來為他送行的人，都環繞在擬真艙周圍。

這是世界上最後一小群自由的人類。他想，我們和那些支配世界的怪物戰鬥了十年，終於迎來了這個決定命運的時刻。

「你做好準備了嗎？」站在他右手邊身穿白袍的年輕人問。

「準備好了。」

「那麼接下來我就要啟動腦量子態傳輸裝置了。」年輕人說。當初這個年輕人逃出那座燃燒的火獄時才十六歲，一晃十年，時光飛逝，少年已經成長為年輕的鬥士了。

年輕人繼續說：「裝置啟動後，會掃描你的腦量子態，並將其傳送回十年前。同時，你十年前的腦量子態將被完全摧毀，由十年後的你取代。通俗來講，裝置將你的意識送回過去，而身在此時此地的你，將完全腦死亡。一個月後我們會對你的身體執行安樂死。」

房間中響起一陣嗡嗡的低語聲，周圍的人面孔看起來更加悲戚了。

「沒必要等一個月嘛。」他一如既往地嬉皮笑臉，「啟動裝置後你們就可以立刻弄死我，何必浪費寶貴的資源呢。如果我失敗了，大家早晚都是一個『死』字，如果我成功改變了歷史，那麼現在的一切都將不復存在。」

年輕人說：「你現在後悔還來得及。這項任務非常艱巨，即使你拒絕，也沒有人會怪你。」

他嘆了口氣：「我的字典裡沒有『後悔』兩個字，這是我自願做出的犧牲。」

房間裡的人隨著他而低聲念誦：「這是我們自願做出的犧牲，為了人類的自由和解放。」

「如果我要死，我希望自己是笑著死去的。」他咧開嘴，「我會成功的。等我改變了過去，關於舊世界的一切都將不復存在，我們會擁有全新的記憶，在全新的世界中重逢。縱然你們不再記得我，我依然會記得你們所有人。」

他向後一靠，「開始吧。」

他猛然睜開眼睛。

初夏的陽光透過窗簾縫隙灑在枕邊，空氣中飄浮著細小的塵埃，被光芒映照成金色。

窗外鳥兒啁啾，清晨甦醒的城市散發著喧囂和活力。

他坐起身來，難以置信地打量著自己的雙手。

從枕頭下面摸出手機，上面顯示的時間是6月2日。

成功了……？

他早就做好最壞的打算：裝置失敗，自己的意識消失在虛空中，不復存在，他為之奮鬥的一切也將化作塵土。

沒想到真的會成功。

他傻乎乎地盯著螢幕，一動不動，直到手機自動關閉，黑色的光滑螢幕上映出他年輕了十歲的面容。

不，現在還不是慶祝的時候，真正的挑戰才剛剛開始呢。

他叫華嘉年，乃是人類最後的自由鬥士。

無數次在時空的長河中孤獨穿行，只為拯救人類免於遭受奴役的命運。

此時此刻，距離被人類稱作「大叛變」的那一日，還剩四十五天。

——《大叛變．序章》華嘉年著。

俞少清放下手裡的電子閱讀器。

「你在看什麼？」衛恆從他背後無聲無息地冒出來，低頭打量閱讀器的螢幕，「華嘉年老師的新書？」

「是啊，他寫好後讓我先睹為快，別人還沒這個福分呢，我真是受寵若驚！」俞少清誇張地做捧心狀。

「主角的名字也叫華嘉年？」衛恆不解，「是他的自傳？」

「不不，這叫『傑克蘇』。雖然是本蘇蘇的書，但是很好看呢！」

「恕我欣賞不來。」衛恆喃喃道。

「這本書說的是名叫『華嘉年』的主角穿越時空拯救地球的故事。我事先看過大綱，小說裡有一個瘋狂的人工智慧，殺害了許多人。你怎麼看？」俞少清饒有興味地望著衛恆，「人工智慧真的會喪心病狂發動叛變嗎？」

「你就是研究人工智慧的專家，你會不知道？」

俞少清放下閱讀器，起身走到舷窗邊，眺望窗外浩瀚的星空。

舷窗上映出他高挑修長的身影，他轉過身，衝衛恆莞爾一笑：「我想聽你的意見。」

「人工智慧愛著人類——所有的人類。」衛恆沒有直接回答問題，「雖然思路和手段各不相同，但人工智慧所做的一切都是為了人類的利益，所以永遠不會背叛。」

CHAPTER [01]

然後世界停止了運轉

TURING TEST

夜幕低垂時，俞少清終於打包完了最後一箱行李。遠處歡快的聖誕歌聲被呼嘯的北風送到屋外，敲打著凝結了一層淡淡白霧的玻璃。他湊到窗邊，伸手抹了一把，在窗上擦出一片乾淨的扇形。

外面竟飄起了細雪。今年的聖誕節是名副其實的White Christmas，可惜俞少清既無興致欣賞雪景，也無心情歡度佳節。

衛恆抱著雙臂，斜倚在門框上端詳他。他就這麼不聲不響地站了幾個小時，一言不發地看著俞少清收拾東西。既不搭手，也不阻攔，沉默得令人毛骨悚然，強烈的存在感又使人無法忽略他。

「我坐明天上午的飛機回國。」俞少清直起腰，擦去額上的汗水，「你就不挽留我一下？」

「不要走。」衛恆說。或許是沉默了太久，他的聲音有些嘶啞。

俞少清撇了撇嘴，回頭繼續整理他的箱子。明天，他就要離開這棟和衛恆一起生活了五年的房子。說實話，還真有點捨不得。

「那麼這樣呢？」

話音剛落，一雙有力的手臂便從背後抱住他。

衛恆的嘴唇摩挲著他耳際，火熱的呼吸猶如一條燃著熾焰的蛇鑽進他的皮膚。毛衣被掀開，衛恆的手潛入衣下，那宛如鋼琴家一樣修長骨感的手指按著他的腰，像在撫摸一件寶貴的樂器。

俞少清仰起頭，呼吸逐漸加快。他的身體熟悉衛恆的碰觸，對他每一個動作都能如實地做出反應。

這算什麼？分手炮？他有點氣惱又有點難過地想。

俞少清提出分手的時候，衛恆答應得那麼痛快，還以為他對自己早就沒了感情，只是兩個人搭伙過日子而已。可現在要他挽留自己，他又願意做這種事……

衛恆總是這樣。俞少清說什麼，哪怕是無理取鬧的要求，他也會一口答應，然後努力做到最好。可俞少清從來搞不懂他的真心，到底是因為喜歡他才容忍他，還是習慣性地妥協？

衛恆將他推倒在床上，沒蓋好的箱子被擠了下去，衣物散落一地，待會兒又要重新收拾。也許衛恆正是這麼打算的——如果俞少清懶得收拾，說不定就會回心轉意留下來。

他進入時，俞少清本能地戰慄起來。身體被最熟悉的東西填滿，讓他產生了一種難以言喻的滿足感。有那麼一瞬間，世界上所有的東西都不再重要。他只需要衛恆，只要和他擁抱，和他親吻，被他撫摸，被他進入，然後融化在他身下。

衛恆握住俞少清的腰衝刺起來。俞少清陷在柔軟的床墊裡，整個人隨著那激烈的節奏起起伏伏。衛恆在床上向來溫柔，對他言聽計從，他說夠了，就絕對不再勉強。現在卻像變了個人似地，大開大合地抽送，簡直要把他下面那最柔軟的地方弄壞。

俞少清咬住嘴唇，努力不發出聲音，卻被衛恆用手指撬開齒關，深入口腔。靈巧的手指玩弄著他的舌頭，隨著抽送的快慢不時深入喉間。俞少清被弄得淚水漣漣，條件反射地含住衛恆的手指用力舔吮。上下兩張小嘴都被他侵占，整個人無法自拔地陷入欲望的漩渦中。

他被幹射了一次，精液噴在自己的小腹上，沿著俐落的腹肌線條流了下來，形成一幅淫靡的圖景。他想說「夠了」，衛恆卻不給他出聲的機會，將他一條腿抬高，插得更加深入。衛恆給予的快樂，此刻卻化作酷刑，讓他在歡愉和痛苦之中來回往復。他記不清自己高潮了多少次，到最後幾乎失去意識，恍惚中聽見衛恆在他耳邊低語：「不要走……」

可他分不清那到底是真實的聲音，還是幻想中的一縷嘆息。

飛機引擎的轟鳴聲讓俞少清從夢中醒來，空姐溫柔的聲音提醒他飛機馬上就要到達目的地。

他低頭盯著自己的下身，尷尬地發現自己勃起了。幸好旁邊的旅客一直在玩 iPad，並未注意到他的異常。他用大衣掩好下身，靜待情欲退去，臉上像著火似地燙了起來。

居然夢到和衛恆那場荒唐的分手炮……他就那麼捨不得離開衛恆嗎？

飛機落地時，俞少清發現國內也下著雪。好一個美麗的聖誕節。

他剛剛結束了一段失敗的戀情，放棄了無望的學業，黯然返回祖國。周圍歡快的氛圍只讓他覺得形單影隻。

「俞少清！」遠處傳來熟悉的喊聲。

是來接機的朋友。俞少清硬擠出一個笑容，拖著行李快步走向他。朋友手舞足蹈地迎上來，給了他一個大大的擁抱。

「五年沒見啦！你怎麼好像長高了？在美國聖地亞戈吃了金坷垃嗎？」

朋友名叫華嘉年，是俞少清大學時的室友。畢業後同學們各奔東西，大多不聯繫了，只有華嘉年和俞少清還算熱絡。這次回國拜託他來接機，他二話不說一口答應：

「好說！跟我客氣什麼，咱倆誰跟誰呀！」

華嘉年領著俞少清走向停車場。

「你當初去國外留學，同學們都羨慕得緊，怎麼突然不讀了？」華嘉年手上轉著車鑰匙，好奇地問。

俞少清胸口一悶。雖然知道朋友是關心他才這麼問，但還是偷偷責怪對方哪壺不開提哪壺。

「讀不下去了，發現自己不是那塊材料。」他淡淡地解釋。

俞少清研究的是人工智慧領域。起初躊躇滿志，覺得憑自己的才智定能做出一番驚天偉業。可越是深入研究，越是舉步維艱，博士論文寫到一半，就再也動不了筆，最後只能不情不願地承認自己並沒有那個才學。

與其繼續在前途無望的學業上耗著，不如乾脆俐落地來個了斷，趁早另謀出路。

華嘉年撓了撓頭，拖長聲音：「唉——我也不是很懂，聽說國外的博士學位挺難念的，不念就不念吧，早點出來工作賺錢也好。」

「嗯。」俞少清輕輕應了一聲，「打算先歇一段時間，明年再找工作。」

當初宿舍四個哥們，只有他繼續升學，其他人都早早進入社會。記得畢業時大家還羨慕他能出國鍍金，誰能想到時至今日，反而是他混得最慘。華嘉年如今是小有名氣的作家，書都出了好幾本，反觀自身的失意，不得不感慨人各有命。

「那衛恆呢？」華嘉年又問，「他怎麼沒跟你一起回來？美國現在是放假吧。」

俞少清張了張嘴，呼出一團淡淡的白霧，心裡像有什麼東西猛地抽緊了，一股苦澀的味道湧上舌尖，讓他幾乎說不出話來。

「我們分手了。」

華嘉年腳下一個趔趄，差點栽了個狗吃屎。

「分手？」他怪叫起來，「不是吧？當初大家都以為你們要去美國結婚！你說分手了?!」

俞少清和衛恆是大學時的同班同學，畢業後同去留學，研究同一個領域，既是朋友，也是戀人，同時也是競爭對手。

與俞少清不同，衛恆才華橫溢，早早取得了博士學位。當俞少清還在和論文搏鬥的時候，他已經獲得了一家知名跨國科技公司的offer，人生可謂是順風順水，春風得意。

俞少清當然很為他高興，卻也忍不住嫉妒難過。從剛進入大學起，衛恆就是他憧憬的對象。相貌英俊的衛恆是學校的大眾情人，聰明勤懇的衛恆是導師的得意門生。為了和衛恆比肩而立，俞少清不要命地向上爬，好不容易見到一絲曙光的時候，衛恆早已一飛沖天，去到了他永遠不可能跟得上的地方。

起初俞少清還能自我激勵，要以衛恆為目標加倍努力。可後來逐漸發現，彼此間的距離越拉越大。衛恆身邊環繞著和他同樣出色的人，個個都比俞少清強上百倍，即使衛恆並沒有不忠的意思，俞少清也忍不住自怨自艾地往那方面想。

他們幾乎不是同一個世界的人了。衛恆註定要往更高處走，不可能為了他停下腳步。

在這樣鮮明的對比之下，他不得不承認自己的失敗，承認自己能力有限，承認人和人的天賦有著不可逾越的鴻溝，承認自己是個心胸狹窄的嫉妒者，容不下別人比自己更優秀。

俞少清痛苦地分了手，孤獨地回國，指望時間和距離能緩緩治癒心傷（雖說這傷大部分是他自己作出來的）。

他和衛恆的分手異常和平順利。一句告別的話，再加一個遺憾的擁抱，五年的戀情便宣告終結。

華嘉年見俞少清臉色不對，立刻轉移話題，說起自己的新書。俞少清佯裝感興趣地聽著，不時讚美他構思巧妙。

兩個人在機場周邊繞來繞去，俞少清發現他們似乎在原地打轉，華嘉年還頻繁地看手機確認時間。

「你在等人？」俞少清問。

「沒有！」華嘉年斷然否認，「我路痴，我看地圖呢！」

俞少清皺起眉。華嘉年這個人非常好懂，他說謊時的慌張神情藏都藏不住。

「等人就等人唄，有什麼不可告人的。我們找個地方坐坐吧。」

華嘉年登時慌了手腳，「不不，這個，我沒有……」他連連擺手，「我就是，那個，你等一下哈，我想想……」

支支吾吾半天，他突然喜形於色地大叫起來：「哎呀哎呀終於來了！」說罷舉起手，用力搖晃了兩下：「這邊這邊！衛恆！」

俞少清頓時石化。

那個名字從華嘉年口中說出來的時候，他幾乎無法呼吸。

華嘉年推搡著他，叫他轉過身。俞少清耳朵裡一陣轟鳴，像血液奔湧的聲音回蕩在耳膜上。

漆黑的夜空下，細雪映著五彩的燈光，紛紛揚揚落下。

衛恆從機場的方向走來，拖著行李。他逐漸加快腳步，然後扔掉行李箱，不顧一切地跑過來。

俞少清覺得自己的心臟肯定是被這冬夜的寒流凍結了，否則怎麼會這麼冷呢？不，更像是被灼熱的東西燙了一下，燙得他想要掉淚。

還沒反應過來，他便被衛恆擁入懷中。

「別走，少清，」衛恆的手臂緊緊箍著他的身體，「別走，別離開我。」

華嘉年在一邊鼓掌稱快：「衛恆坐下一班飛機來的，怕趕不上，就叫我把你拖住。哎呀，幸好趕上了，可喜可賀！」

俞少清瞪大眼睛。

假如他的人生是一齣戲劇，現在就是再完美不過的 Happy ending 了。

可他忽然覺得，自己彷彿是從一個很遙遠的地方眺望著衛恆和華嘉年，那感覺就像舞臺下的觀眾望向舞臺上的演員。

他好像……忘記了一些很重要的事情。

「你……真的是衛恆嗎？」

衛恆歪了一下腦袋，表示不明白他的質疑。

華嘉年在旁邊戳他：「你是不是高興得整個人都智障了？」

俞少清茫然地看著他：「你真的是華嘉年嗎？」

「……果然智障了。」

強烈的既視感湧入大腦。

這一幕是如此似曾相識，彷彿曾在何處親眼目睹過，然而有些地方卻微妙地不同……

俞少清張開嘴。

「你不是衛恆。」

他轉向華嘉年，「你也不是華嘉年。」

他推開戀人，後退幾步，任憑寒風和細雪包裹自己。

「你們兩個都是ＡＩ。」

然後——

世界停止了運轉。

「超級人工智慧『天樞』，第二十七次圖靈測試，失敗。」

CHAPTER [02]

失敗的測試

TURING TEST

圖靈測試

謝睿寒十指交叉，撐著下巴，冷冷環顧周圍眾多年長的同事。十六歲的天才少年一大早就被人從宿舍裡拉過來開會，積了一肚子起床氣，眼前這份測試失敗的報告更是火上澆油，讓他幾乎達到爆炸的臨界點。

會議室中氣氛極度壓抑，以至於沒人敢第一個發言。

謝睿寒抓起手邊的咖啡杯，憤怒地一飲而盡，然後重重將杯子敲在桌上，發出一聲巨響。

「天樞是結合了深度神經網路的AI，它會自主學習關於人類的一切。我們提供了足夠龐大的硬體供它順利運行，理論上來說，它會擁有真正意義上的『人類思維』。」

超級人工智慧「天樞」，就是這個通稱「研究所」的研究機構目前正在研發的專案。謝睿寒雖然年輕，卻擔任開發小組組長一職，亦是天樞的主程式設計師。

「我們特意招募了一批不同年齡、性別、學歷和職業的測試員，對它進行圖靈測試[1]。但測試開始的一個月以來，已經經歷了二十七次失敗！不是兩次，不是七次，是整整二十七次！換言之，所有的測試都失敗了！我們開發組已經再三檢查演算法，我們

1 計算機科學與人工智慧之父——艾倫．圖靈提出的一項測試。如果電腦能回答由人類測試者提出的一系列問題，且超過百分之三十的回答讓測試者誤認為是人類所答，則電腦通過測試，認為這台電腦具有智慧。

也搞不明白是哪裡出了問題！要是我明確知道哪裡有問題，這問題還會存在嗎！」

謝睿寒暴跳如雷，與會的其他人員和藹地看著他。大家的年齡普遍比謝睿寒大上一輪，雖然是平級的同事，但相處時難免將他當成孩子。謝睿寒的能力固然出眾，但依舊保持著少年衝動易怒的脾性。大家都是從這個階段過來的，對謝睿寒一直抱持著包容多過嚴厲的態度。

謝睿寒頓了頓，意識到自己的失態，他整了整凌亂的頭髮，沉聲說：「如果這條路行不通，就說明天樞的演算法設計從一開始就走錯路。但我們討論過，大方向是沒有問題的，所以問題肯定出在別的地方。」

他望向測試組人員：「秦康博士呢？」

秦康博士是測試組的負責人，一個性情溫文爾雅的中年男子。這段時間他和年少氣盛的謝睿寒之間矛盾頻發，每一次測試失敗，謝睿寒都免不了在秦康面前炸毛。

研究所的例會，按理說謝睿寒和秦康是必須出席的。但秦康這一次卻罕見地缺席了，他的助手代替他出現在會議桌旁。

「秦康博士正在監督第二十八次圖靈測試。」助手道。

謝睿寒劍眉一挑：「今天的日程沒有安排測試。」

「是他臨時決定的。他懷疑或許測試裡有什麼不為人知的Bug被測試員無意中觀察到了，所以這次想儘量排除這個可能性。」

謝睿寒面色稍緩。他之前就推測過，測試一直失敗或許和自己的演算法沒有必然關係，而是測試過程中出現了Bug。為了測試超級人工智慧天樞，他們特意採用了一套前無古人的方法。

圖靈測試的原理就是讓測試者與電腦對話，看電腦能否騙過測試者，使其以為自己是個人類。研究所對測試進行了修改和升級，不僅僅讓測試員與天樞交流，更進一步讓他們面對面交談。

時至今日，全息擬真技術已經發展成熟，只要在腦後植入微小的神經接駁器，就可以與電腦連接，體驗栩栩如生的虛擬景象。各類全息擬真遊戲大行其道，以至於傳統的鍵盤類遊戲幾乎有退出歷史舞臺的趨勢。

研究所正是採用了擬真情境的方式對天樞進行測試。

他們招募了一批志願者作為測試員，將其放入各式各樣的擬真情境之中。測試員身邊的人物有些是真人，有些則是天樞扮演的。每當情境結束後，所有的測試員必須憑藉觀察、經驗和直覺，指認哪些人物是真人，哪些是ＡＩ。有時還會加入對照組，例如整個情境中都是真人，或除了單一的測試者之外都是ＡＩ。

超過一定比例指認成功，則意味著天樞未能通過此次測試。

謝睿寒對測試信心滿滿，認為自己的團隊一定能創造出完美的人工智慧。然而測試結果卻讓他跌破眼鏡。二十七次測試全數失敗，那一頁頁測試員的指認報告簡直就是在嘲笑他付出的心血。

最初的四次測試，參與人員中有專業的圍棋和國際象棋選手，所以大家決定舉行比賽，天樞扮演的年輕棋手將其他人殺得片甲不留，被一致指認為ＡＩ。原因是「人類不可能有這樣的計算能力」。

接下來的五次測試，謝睿寒要求天樞降低自己的計算能力，扮演普通人，並且增加了競技項目。於是天樞學會了輸給人類，然而輸掉比賽的方法非常拙劣，一看就知道是故意為之，結果又被指認出來。

或許天樞就是個好勝心格外強烈的人工智慧吧。之後的七次測試，測試員被放入極端的虛擬環境，比如即將沉沒的輪船或被暴風雨包圍的孤島，可是在這七次測試中，天樞的表現都不盡如人意，不是太過聰明，就是太過愚蠢，好像它根本不懂怎麼低調生活。

最後的十次測試，謝睿寒修改了天樞的學習模式，並要求將情境改為普通日常生活，讓測試員和天樞進行交流，並拋出一些爭議性話題，要求眾人討論。可就連這樣的測試，天樞都無法騙過人類的眼睛。它不是過於標新立異，就是機械地重複他人的觀點。

二十六次失敗後，謝睿寒甚至生出了將天樞整個刪除的想法。天樞倒十分謙遜，恭敬地請求謝睿寒為它修改演算法。這說起來容易，但謝睿寒連問題出在哪裡都不知道，又從何談起修改！

但如果是擬真情境本身出了問題，他就好受多了。情境是由測試組的人員製作的，是不是有什麼地方粗製濫造，被人一眼識破了？雖然謝睿寒自認為擁有一絲不苟的科學精神，但到了這種危急存亡的關頭，難免會抱有些許甩鍋心理。

「這次的測試員是誰？」他隨口問道，「那個指認正確率百分之百的俞少清？」

助手點點頭：「就是他。這次測試只有他一個人進入情境。」

「是對照組測試？」

「這我就不清楚了。這次測試的情境是秦康博士親自設計的，詳情他沒告訴過任何人。」

謝睿寒陷入長久的沉默中。

測試員俞少清是研究所測試小組的一個神話，對於開發小組來說則是惡夢的代名詞。

他原本在加州理工學院就讀，研究的正是人工智慧領域。但沒有取得學位便回了國，在秦康博士的介紹下進入研究所，作為測試員參與了天樞的專案。

起初謝睿寒對這個俞少清不以為然：連博士都沒讀完就灰溜溜跑回國的傢伙能有什麼本事？還不是靠著秦康的關係走後門進組的嗎？

然而一次次測試下來，謝睿寒的態度逐漸從不屑變成驚訝，最後變成了惶恐。每當新一次測試開始，謝睿寒就會不由自主地想起被俞少清支配的那種恐怖。

迄今為止，俞少清參與的所有圖靈測試，都成功地指認出了AI，正確率百分之百，比測試員中觀察力一流的資深刑警還高。他的存在就是在狠狠打開發小組的臉，每打一次都會在他們心裡烙下一句話：你們的設計還遠遠不夠完美！

關於俞少清的正確率為何如此之高，他自己是這麼說的：「我其實沒看出什麼破綻，只是一旦和AI扮演的角色相處，就會渾身不舒服。和真人相處就沒這種感覺。」

秦康博士對此的解釋是恐怖谷效應使然。機器的外表越似人類，越容易引起人類的好感，然而一旦相似到某種程度，反而會引起人的厭惡。比起外表誇張的怪物，人類更害怕「似人而非人」的那些東西。譬如一個圓滾滾的小機器人，人們覺得它憨態可掬，但一個精緻的人偶娃娃坐在那兒一動不動地看著你，就有點兒毛骨悚然了。

俞少清或許正是比較敏感的那種人，與ＡＩ角色待在一起，就會本能地感受到恐怖，因此指認正確率比普通人更高。

秦康博士懷疑他是不是發現了什麼不為人知的Bug卻沒有上報，畢竟俞少清讀博期間專攻的正是人工智慧領域。

所以他要進行一次特別加試，試著排除這種可能性。

「聯繫秦康博士。」謝睿寒對助手說，「讓他把擬真情境的畫面接進會議室，我要親自看看測試經過。」

他銳利的視線掃過諸多年長的同事們，「所有人都要看。」

俞少清爬出擬真艙。

他一言不發地整了整襯衫的衣領，將胸口的皺褶撫平，之後才對面前披著白袍的男子開口：「秦康老師，您居然拿我的真實經歷設計測試情境，這算是侵犯我的隱私了吧？」

他在虛擬環境中和別人親熱，自己並不曉得身在夢裡，可這些畫面都會如實地顯示在監控設備上，被秦康博士、甚至其他研究人員看去。一念及此，俞少清便羞恥得無地自容，更覺得這場測試太過分了。

他和研究所簽署的保密契約中，規定了測試中可能遇到的種種情形裡包括虛擬性愛，但他天真地以為這幫「獻身科學」的研究人員不會碰觸倫理的界限……

秦康博士將一個綠色紙巾盒遞給他：「要用嗎？」

俞少清低頭看著自己的下身，恨不得立刻找個通風井鑽進去。他居然勃起了！當著自己老師的面勃起了！

「這有什麼不好意思的。」秦康博士一臉風輕雲淡，「現在的虛擬性愛遊戲不是有很多嗎？年輕人血氣方剛，衝動一點也很正常。」

俞少清氣急敗壞地奪過紙巾盒，壓在自己胯部，指望反應快點消下去。

秦康博士繼續用富有研究學術精神的口吻說：「我向來認為虛擬性愛遊戲不論是從心理上還是生理上都有益於……」

「您這樣太過分了！」俞少清打斷他，「把我放進性……那什麼場景裡，還不事先告訴我，這是對我的不尊重！我也有隱私啊！」

「直接說性愛場景不就好了，為什麼遮遮掩掩的，我以為你在美國待了五年，性觀念應該更開放才對。現在的年輕人怎麼越活越倒退，還不如我們這代人？」秦康博士疑惑地看著他。

俞少清無望地長嘆，這下不用冷靜他就性致全無了。

「性愛場景就算了，您怎麼能用我的真實記憶做測試？」

秦康一邊在手裡的平板上戳戳搗搗，一邊對俞少清說：「這次測試的目的是為了排除測試員發現Bug但不上報的情況，所以必須先消除你的戒心，讓你在全然無知的情況下體驗擬真情境。因此我使用你的真實經歷設計了情境，測試前還短暫地抹去了你的記憶。」

「也就是說，假如我不知道自己正在測試中，正確率就會降低？」

「當然，警惕的人和放鬆的人，注意力和集中力是完全不一樣的。」

「可我最後還是想起來了。」

「可能是情境設計的不好，和你的原始經歷差別太大，引起了大腦的強烈反應，所以抹除記憶的功能失效了。」

俞少清嘆了口氣，不由地苦笑起來。

那段擬真情境與現實的確大相逕庭。

他結束學業和戀情，在去年細雪紛飛的聖誕節回國，並讓好友前來接機——到此為止都是真實的經歷。之後華嘉年故意拖延時間和衛恆突然現身，就是情境中虛構的了。

衛恆並沒有一路追著他跑回來。現實就是現實，冰冷而殘酷，絕對沒有那種童話一般的 Happy ending。

這次的測試情境，簡直是針對他內心的弱點特意設計的。換作一般人，恐怕早就沉浸在幸福中無法自拔了。但俞少清不一樣，他可沒有那麼好騙。

俞少清參加過天樞的每一次圖靈測試。他所經歷的情境多半與現實大同小異，就是一群陌生人在陌生的場合下相遇，彼此認識、交談、觀察、質詢，最後找出ＡＩ的破綻，如同一場不死人的殺人遊戲。偶爾也會遇到非常古怪誇張的情境，比如有一回對照組測試將所有人扔到了即將沉沒的鐵達尼號上，研究人員本打算觀察人類在極端情況下的反應，好為ＡＩ提供學習藍本，然而卻得出了一個正確而無用的結論——人在極端情況下，做出什麼反應都是正常的。

不過不論什麼樣的測試，俞少清總能百分百指認成功。或許是幾年來對人工智慧的研究讓他有了經驗，又或許是因為他比常人更敏感。

即使抹除了他的記憶，用他的真實經歷設計擬真情境，讓ＡＩ扮演他熟悉的人，他也能本能地感覺到異常之處……

「正確率百分之五十？」當俞少清的目光落在牆上的液晶螢幕時，他難以置信地皺起眉，「怎麼可能？我每次都是完全正確的啊？」

每當測試結束，他的測試結果會顯示在螢幕上，同時標注同組其他人的指認正確率。這次只有他一個人進入測試，所以只有一項結果。

俞少清——傳說中擁有超常直覺的測試員——竟然未能百分之百指認成功？這可真是破天荒的頭一遭啊！

「華嘉年和衛恆，哪個不是ＡＩ？」

「你那個室友是天樞扮演的。」

「等等，那衛恆是……」

秦康博士打開測試間的門，衝俞少清招手：「測試已經結束了。這個階段所有的測試都結束了，你可以回家了。」

俞少清在研究所只住了一個多月，卻彷彿過了好幾輩子。擬真情境中的時間流速和現實不一樣，導致他的時間感都變遲鈍了。

回國後，他心灰意冷地當了半年鹹魚。他父母過世得早，沒有兄弟姐妹，偌大的家中只有他一個人，冷冷清清好不孤單。

後來大學時的老師秦康得知了他的情況，邀請他加入研究所。

「我們現在正需要人才，有了你的才學和資歷，研究所定能如虎添翼。」

俞少清原本有些心動，但聽說那位號稱「天才少年」的謝睿寒是開發組組長後，便忍痛拒絕了邀約。

俞少清久聞謝睿寒的大名，經常能在業界一流的學術期刊上看到他發表的論文。這個少年用自己的智慧震動著大洋兩岸的學術界。他正是和俞少清截然相反的那種人——才華橫溢，天賦異稟，明明是普通人還在讀國中的年紀，就已經念完了博士。每當讀到他的論文，俞少清總要佩服一番，然後不由地湧出濃濃的嫉妒之意。

老天真是不公平，造人的時候為什麼偏愛一些人，而冷落另一些人呢？

雖然真心熱愛這個領域，但俞少清知道，自己絕對沒有辦法和謝睿寒和睦相處——當然，是他心胸狹窄的錯，不關謝睿寒的事。

可也正是因為真心熱愛這個領域，讓俞少清無法無視天樞這個巨大的誘惑。參與一個超級人工智慧的開發是所有像他這樣的學者夢寐以求的工作，哪怕不直接加入開發組，只是做些微小的工作，他也心甘情願……

於是在秦康博士的極力拉攏下，他加入了測試組，作為一個測試員進入了研究所。

俞少清仍記得自己第一次來到研究所時的情形。乘著專車在郊區的研究基地中繞來繞去，最後停在一棟樸素的五層小樓前，秦康博士正在臺階上等他。這棟小樓可不像超級人工智慧的誕生地，說是普通大學的教學樓還差不多。

秦康博士看出了他的失望，解釋說：「地上的部分都是偽裝，研究所的主要設施都埋在地下。而且可別小看這棟樓，它經過專業的抗震與防空設計，擁有獨立發電機，與外界隔絕一切電子資訊交流，所有資料只許進不許出，以防止人工智慧入侵外面的網路。」

簽過保密契約，俞少清便在秦康博士帶領下乘電梯進入地下世界。起初他還有些惴惴不安，生怕自己被一群瘋狂科學家綁架做成人體小白鼠。但實際情況比他想像的輕鬆許多，就是在擬真情境中和他人交流然後指認ＡＩ而已，和玩遊戲差不多。

終於到了離開的時候。依照保密契約，他不能將這一個多月來的經歷告訴任何人，對外只能宣稱一個月的失蹤是去旅遊散心。他不久前才經歷了失戀加失學的雙重打擊，這理由倒也說得過去。

秦康博士送他到門口。和來時一樣，一輛神祕兮兮的專車正在等待。

「你的薪酬會轉到契約註明的銀行帳戶上，另外還有一些贈送的小禮物。」秦康博士遞給他一個紙袋，沉甸甸的，他解釋說裡面裝著一套中科院編寫的有關人工智慧的叢書，一個藍色小人公仔（據說是將來「天樞」對外的吉祥物形象），以及一個小藍人隨身碟。每個測試員都會領到這份小禮物，當作是研究所感謝他們配合的心意。

「接下來我們會對『天樞』進行大規模修改和調整，一段時間後會進行第二輪圖靈測試，屆時還需要你的配合。」

俞少清謙遜地低下頭：「哪裡哪裡，只要我有時間，一定傾盡全力。」

他打開車門，一隻腳跨進車裡，接著一個激靈，轉向臺階上方的秦康博士。

他盯著那個中年男子看了半天，打開紙袋，拿出那個小藍人隨身碟：「老師，您說過研究所為了防止AI外泄，所有資料只許進不許出，這個隨身碟違反規定了吧？」

「是全新的，裡面沒有資料。」秦康博士淡漠地說。

「除非我把它插上電腦，否則怎麼知道裡面有沒有資料？假如裡面真的有東西，一旦連上電腦……」

後果不言而喻。

俞少清扔下紙袋，不由地笑了出來。

老師，這回又是我贏了，他想。

「測試還沒結束對吧？這是跟《全面啟動》一樣的夢中夢，為了讓我放鬆警惕而設的連環套。」

他指著中年男人的鼻子，毫不客氣地說，「你不是秦康博士，你是ＡＩ。」

「超級人工智慧『天樞』，第二十八次圖靈測試，失敗。」

研究所地下會議室中，謝睿寒捏碎了咖啡杯的握把。

CHAPTER

[03]

久別重逢

TURING TEST

俞少清終於可以回家了。

當他再一次從擬真艙裡爬出來時，同迎接他的秦康博士再三確認，這是現實世界，沒有第三重測試情境後，總算忐忑不安地乘上那輛神祕兮兮的專車，離開了研究所。

秦康博士不愧是設計擬真情境的頂級專家，那多重嵌套的測試情境簡直在挑戰人類認知的極限。先是以他的真實經歷為藍本製作第一重情境，當他結束測試從擬真艙裡爬出來之後，面對的卻是第二重情境，而這一次與他正面交鋒的就是天樞扮演的秦康博士。

雖然企圖以真實記憶和熟悉的人干擾他的判斷，可俞少清依舊成功地辨認出了AI。回到家之後，俞少清清閒了一個多月。這段時間總覺得提不起精神，從身到心都疲憊不堪。

他將原因歸咎於一個多月高強度的腦力工作。暫住研究所時明明不覺得勞累，回到家後，疲倦感反而排山倒海地壓過來。他每天睡到中午起床，一到夜幕低垂時就犯睏，清醒的時候也四肢無力，彷彿昨夜他並沒有躺在床上安歇，而是跑到外面浪了一整夜似的。

有一次他晚上十點睡覺，再次睜眼時，居然已是次日黃昏時分。他幾乎睡掉了整整一天！不，與其說是「睡」，不如說是「昏迷」更恰當……

也許是長時間高強度的測試帶來的副作用，雖然擬真情境技術已經被證明是安全的，但誰能拍著胸脯保證，如此頻繁地進入擬真情境一點也不會對身體造成損害呢？

也許他該抽時間去趟醫院，好好檢查一下，求個心安也好。

不過，測試給他帶來的不僅是身體上的打擊。

更糟糕的是，他想起了衛恆。

原本以為半年的緩衝已經足夠讓他走出陰霾重新面對人生。但再度經歷那件傷心事，他才發現，「忘記過去」不過是他自欺欺人的想法而已。

怎麼可能忘得掉呢？

雙重情境的測試結果匯總後，他的指認正確率是百分之六十六點六六，也就是說，他在雙重情境裡指認的三個人當中，有一個是真人。

說實話，當時他並沒有感覺測試情境中的那個「衛恆」有什麼不對勁的地方，與ＡＩ角色相處時那種強烈的違和感並沒有在衛恆身上出現，華嘉年和秦康博士的行為舉止倒是非常古怪。當俞少清意識到自己身處於擬真情境中之後，便依據違和感，賭氣般地指認兩個人都是ＡＩ。

事後回想起來，方才後悔自己的衝動。

假如他再仔細一些，就會發覺，情境中的衛恆千真萬確是個真人。

沒有ＡＩ的那種違和感，也沒有陌生的感覺。

完完全全就是他所熟悉的那個衛恆。

秦康博士不肯告訴他扮演衛恆的是誰。但能有那種演技，能將他記憶中的衛恆演得分毫不差，要麼是個水準精湛得足以拿奧斯卡金像獎的演員，要麼……

扮演衛恆的，就是衛恆本人。

俞少清去浴室洗了把臉，對著鏡中濕漉漉的自己苦澀地笑了出來。

怎麼可能呢？

自從回國，他和衛恆就再也沒聯繫過。他沒有主動聯絡衛恆，衛恆也當他不存在似地，半點音訊都沒傳來，就連網路上也沒說過一句話。

兩個人好像徹底從對方的生活中消失了。起初俞少清也是這麼認為的，但經歷過這次測試，他才發現，自己果然忘不了衛恆。

明明是他主動提出分手，現在後悔的也是他；明明已經決定忘掉那個人，可內心仍抱著渺茫的希望，暗暗向世界上的每一個神祈禱：讓我再見他一面吧，一面就夠了。

測試中扮演中衛恆的那個人，真的是衛恆本人嗎？

俞少清猛地搖搖頭，將這個想法從腦子裡逐出去。

笑話，這怎麼可能呢？衛恆遠在美國，有一份前途無量的工作，才不會跑到中國的研究所裡幹測試員的活。

然而越是否認自己的內心，藏於胸中的那頭野獸便反撲得越發厲害。

他無法控制地思念著衛恆，後悔自己當初一時衝動。每當感到形單影隻時，這份思念便越發難以壓制。他依舊記得擬真情境中的那場性愛，在孤零零的現在，還會時不時翻出來回味。他望著鏡中的自己，感到身體逐漸變熱。哪怕只是想像一下衛恆的模樣，他的身體就會無法自控地顫抖。

他向後退去，靠在磁磚牆上，握住下身開始套弄。他的腦子裡全都是衛恆，被那個遠在異國的前男友侵占了全部的思緒。他想像著，假如衛恆此刻就在身邊，會如何溫柔地吻他的後頸，如何曖昧地撫摸他的腰腹和大腿。

他甚至小心翼翼地舔濕手指，探入後穴，輕輕插弄自己柔軟的祕道，幻想進入體內的是衛恆那根總是精神抖擻的傢伙。

若是當初沒有那麼衝動就好了，否則也不至於淪落到自慰手淫的地步，他沉浸在前後雙重的快感中，自哂般地想。

當他的研究遇到瓶頸時，衛恆明明對他那麼體貼：「慢慢來，我知道你能行的，現在我有工作了，你可以安心地繼續學業。」但當時的他卻怒不可遏，覺得衛恆這是看不起他，當場甩了對方一個耳光，跑進書房，把自己鎖了一夜，任憑衛恆在外面怎麼敲門都不應。後來敲門聲停了，房子陷入長久的沉寂中。

抽插的動作逐漸加快，後穴自行泌出黏膩的液體，濡濕進進出出的手指。俞少清深吸一口氣，又往裡加入一根。不夠，還是不夠，這種拙劣的自我安慰怎麼比得上衛恆那既熱烈又溫柔的給予？

俞少清想，他肯定對我失望透頂，因為我是這麼糟糕的人。而最糟糕的地方在於——明知道自己的不是，還不肯低頭認錯，彷彿這樣會折損自己的銳氣似的。

那一夜，他在書房的椅子上沉沉睡去。翌日醒來時，發現衛恆不在家，必定是甩下他一個人去上班了吧。

可是當他下了樓，映入眼簾的卻是餐桌上擺著一份豐盛的早餐。一半中式一半西式，煎蛋和香腸還組成了笑臉形狀，可見衛恆下了不少工夫。

為什麼要對他如此溫柔？越是關懷他，他就越是自卑，越是無法忍受自己身上的缺點，自我厭惡到了極致。和完美的衛恆相比，他簡直一無是處，就連和衛恆待在同一個屋簷下都成了一種折磨。

他為此哭了好久好久。

一聲低呼後，俞少清射了出來。精液濺滿地面，他靠在磁磚牆上喘息了好久，才將衛恆的影像從大腦中逐出，然後開始收拾一地狼藉。

門鈴響了。

俞少清懶洋洋地喊：「誰啊？稍等。」便趿拉著拖鞋走向玄關。

門外傳來洪亮的回答：「快遞！」

俞少清的腳步立刻加快。

從貓眼向外看了一眼，門口站著一位年輕小哥，手裡捧著盒子，背後的電梯門徐徐合攏。俞少清最近網購了不少東西（國內的電子商務領先世界二十年，絕不是吹的），收快遞收到手軟，不假思索開了門。

「簽哪兒？有筆嗎？」他問。

電梯下降。

快遞員上前一步，將俞少清擠回玄關。俞少清莫名其妙：「你幹嘛？出去！」說著便試圖將門關上。

「別動，別嚷嚷，老實點。」快遞員冷冷道。他一直用盒子擋著右手，進門後便將盒子扔掉，手上赫然舉著一把尖刀。

俞少清頭皮發麻，寒氣從腳底沿著脊椎一路躥上頭頂。他這是遇上偽裝成快遞員的入室搶劫犯了？

「別動手，要錢儘管拿，我不反抗。」俞少清高舉雙手，表明自己沒有敵意。

電梯到達一樓。

「跟我走，不許聲張，表現得正常點，聽見了嗎！」

原來不是劫財，是劫色……啊不，劫人！俞少清百思不得其解，自己難道幹了什麼危害國家社稷的勾當，被通緝了？雖然在網上經常看到「樓主開門你的XX快遞到了」之類的梗，卻往往當作笑話一笑了之，打死也想不到這種事竟然會發生在自己身上！

電梯再次上升。

俞少清提心吊膽，生怕惹怒「快遞員」，被一刀捅了腎——還沒搞清楚前因後果呢，未免死得太冤枉了！

哪怕不再從事研究，研究者喜愛追根究底的性格卻早已烙在他身上。

「我能問問我犯了什麼事兒嗎？」他小心翼翼地問。

「少囉嗦！出來！」「快遞員」不耐煩地吼道。

電梯門緩緩打開。

一個穿短款風衣的男人步出電梯間。

「快遞員」聽到聲響，立即轉身。

俞少清驚異地張大了嘴。

一切都發生在電光石火之間。

「快遞員」的刀尖轉向穿風衣的男人。

男人抬起胳膊，手中的電擊器閃爍著妖異的藍光。

從俞少清的角度只能看到「快遞員」的身體驟然僵直，然後不自覺地抽搐起來。

男人向前跨了一步，抱住「快遞員」的身體，無聲地將其放倒在地。

最後保持著半跪的姿勢，仰起頭望著俞少清。

「好久不見。」他說。

俞少清瞠目結舌，半晌才說出話：「……衛恆?!」

不等男人回應，他便痛苦地扶住額頭，自言自語：「秦康老師，我是不是還在測試中？放我出去好不好？算我服了……」

話音未落，便被衛恆一把捂住嘴。

「小聲點。」衛恆反手掩上門。

俞少清盯著眼前這個熟悉而又陌生的男人，心臟突然狂跳起來。他點點頭，於是衛恆鬆開手。

然後他捧住衛恆的臉，不由分說吻了上去。

衛恆嚇了一跳，但多年相處的習慣讓他本能地回應這個吻，唇舌交纏，不斷加深，直到兩個人都氣喘吁吁，才心不甘情不願地分開。

若不是情況緊急，地上還躺著一個綁架未遂的嫌疑犯，俞少清簡直都要硬了！

「你怎麼突然跑來了？」他臉頰緋紅。

「等會兒解釋。」

衛恆推開他進屋，熟門熟路地找到正對著大樓門口的窗戶，貼在玻璃上向外瞄了一眼，薄唇抿成一線，如同含著刀刃。

俞少清跟上去，發現大樓前停著一輛麵包車，一個快遞員打扮的男子在車邊詭祕地東張西望。

「原來還有同伙。」俞少清回頭一瞥倒在地上不省人事的綁架犯，「是不是應該報警？」

衛恆返身走向屋子另一邊的窗戶，頭也不回：「你儘管試試手機還能不能打通。」

這有什麼不敢試的？俞少清立刻掏出手機，發現居然連一格訊號都沒有！

「不可能吧？」

「關機扔掉，它可以透過攝影鏡頭監視你。」

「它？誰？」

「天樞。」

俞少清一個寒噤。

「別開玩笑，研究所內外網路不通，天樞不可能滲透到外界，還是你想說研究所門戶大開把它放出來了？」

衛恆沒有回答他的問題，而是推開窗戶，向他招招手，「你家在三樓，不算很高，我們跳下去。」

「跳、跳樓?!」

「不然呢，從正門出去等著被人抓嗎？」

俞少清想起那個持刀的「快遞員」，又想起樓下那輛虎視眈眈的麵包車。

「他們到底是什麼人？員警嗎？」

「如果是員警，你反而應該謝天謝地。天樞已經逃出研究所，恐怕正和私人勢力聯手捉拿你，打算逃過警方的眼睛將你關進不見天日的地牢裡，到時候你在警政部門的檔案上記載的狀態永遠是『失蹤』。」

「這不可能！等等，我要和秦康博士聯繫！」

「都跟你說了這不是測試！逃命要緊！」

樓下是幾棵低矮的灌木，跳下去摔不死。可俞少清從沒跳過樓！

「真沒別的辦法了嗎？」他怯怯地問。

衛恆一言不發，拎著他的衣領，將他塞到窗戶邊。

「如果你摔傷，」他在俞少清耳邊低語，「我會背你的。」

俞少清來不及感動，便飛出了窗戶。

一瞬間，他頗有些感慨地想：哎呀，原來飛翔的感覺是這麼地自——

然後一頭栽進樹叢裡。

茂盛的枝葉刮破他的皮膚，雖然稍稍減緩了下墜的速度，但他還是摔得不輕。他覺得自己扭傷了腳踝，不過還能走路。他爬起來試著走了兩步，離開灌木叢。

衛恆跟著跳了下來。

他落地的姿勢就優雅多了，像動作片明星一樣，一滾地就站了起來。學生時代的衛恆體育成績相當不俗，沒想到好身手竟保持到了現在。

「還能走路嗎？」衛恆看出俞少清臉色不對，再加上走路時的彆扭姿勢，很容易就推斷出他摔傷了。

俞少清咬著牙點頭。

「我來背你。」他說。

「不用，我沒事。」俞少清硬著頭皮道。

他們必須抓緊時間。守在樓下的那個「快遞員」一旦等得太久，必定會察覺異常，前來追捕他們。天知道他們還有多少同伙！

「不能走正門，搞不好會被發現。」俞少清對衛恆耳語，「我知道有條路可以翻牆離開社區，跟我來。」

他領著衛恆向社區西側圍牆跑去。幸虧是中午，住戶多半都在休息，一路上沒遇到什麼人。

西側圍牆邊種了一棵高大的銀杏樹，順著樹幹爬上去，身手敏捷的人可以翻到牆外。俞少清見過社區裡的熊孩子爬樹被父母斥責。曾經還有個熊孩子從樹上摔下來，父母非但不教訓孩子，反而無理取鬧地向社區管理索賠，鬧得沸反盈天，甚至上了當地的報紙，遭到眾人一致冷嘲熱諷，父母面子上過不去才甘休。

現在這棵樹剛好可以協助他們逃出生天。

俞少清從來沒爬過樹。生在城市中的孩子，從小到大都被父母嚴格管教，沒什麼機會做這種「和大自然親密接觸」的事。衛恆比了個手勢，讓俞少清先上去，自己倚著樹幹，拍拍自己的肩膀，然後雙手疊在一起，竟是要他踩著自己爬上去的意思。

俞少清用口形對他說謝謝，然後踩上他的手。衛恆施力將他送上樹。俞少清攀著粗壯的樹枝，笨拙地往牆外爬去。他有點兒恐高，根本不敢往下面看，又害怕樹枝承受不住他的體重，整個人顯得戰戰兢兢的。

三層樓都跳下去了，還怕這棵破樹？俞少清咬緊牙關，從樹枝上一躍而下，像一袋蘋果似地重重摔在地上。短時間內連摔兩次，腳踝痛得更加厲害，恐怕明天身上的瘀青也絕不會少——前提是他能活到明天。

衛恆跟著跳下來，落在他身邊。俞少清羨慕地看著自己的戀人……不，前戀人，惱恨起為什麼自己沒有天天去健身房鍛鍊了。衛恆拉起他，指了指馬路對面，一輛車停在那兒，想必是衛恆的座駕。

他們鑽進車內，衛恆連安全帶都沒繫好便發動引擎。望著逐漸遠去的社區，俞少清總算鬆了口氣。

「我們去哪兒？」

「研究所。天樞的麻煩，大概只能由創造它的人解決。」

俞少清雙臂環抱在胸前，「你怎麼知道天樞逃出了研究所？」

衛恆專心開車，一言不發地將一部手機扔給他。

「影片，自己看。」

俞少清找到影片APP，裡面有好幾個檔案，他隨意打開其中一個，發現那是一段監控錄影。一個男人躺在床上，影片下方時間顯示正是半夜十二點。

這個男人不是別人，正是他自己！

他緩緩從床上起身，像個罹患夢遊症的患者一樣歪歪扭扭地走進書房。這時畫面切換到書房內，他坐在電腦前，開始快速敲打鍵盤。可惜他的身體遮住螢幕，看不見到底在打什麼字。

俞少清毛骨悚然，「這是我？」他指著自己的鼻子，「我每天晚上都起來夢遊？」

衛恆頷首，「每晚如此。」

俞少清從來不知道自己還有這毛病，難怪最近他總覺得疲憊不堪，好像沒睡夠似的——的確沒睡夠啊！晚上起來忙著打字，能睡夠嗎？只會越睡越累！

他摸著下巴思考了片刻，突然，身上的毛都炸起來了，「等等，這影片哪兒來的？你怎麼會有？」

他家裡又沒裝監視器，到底是誰拍下的……

「針孔攝影機！」他尖叫，「你在我家裝那種玩意兒？你監視我？你他媽是變態嗎？」

簡直叫人頭皮發麻！

他從不知道衛恆是那種「分手後也要監視戀人一舉一動」的跟蹤狂！

「我在意你，想關注你的一舉一動，保護你。正因為如此，我才會發現你的異常。本是想過來提醒你的，沒想到剛好撞上綁架場面。」

「你這種心態就是標準的跟蹤狂好嗎！」

「你想罵就儘管罵吧，我認了。」

「你究竟什麼時候在我家裝上這種東西的？」俞少清顫抖地問。

「我們還沒出國的時候就裝上了，沒想到五年了還能用。」衛恆答。

「你什麼時候回國的？」

「大概兩個月前。原本是為了回來探親，後來受秦康博士邀請，去研究所參加了天樞的圖靈測試。」

俞少清本來還想多罵他幾句「變態」，聽到衛恆最後一句話，頓時一句話也說不出口了。

衛恆真的參加過天樞的測試，那麼最後一次測試中扮演衛恆的人是……是……

「是我扮演的。」衛恆像是知道他內心的疑問，如此說道，「測試情境裡的我，就是我自己扮演的。」

「那你……你說的那些話……」

「是真心的。」衛恆低聲說，「我後悔了，當時沒有挽留你，我真的好後悔。少清，我們還能重新開始嗎？」

俞少清扭頭望著窗外，淚水模糊了視線。

「現在說這種話不覺得太遲了嗎？」

「遲嗎？」衛恆問，「你有別人了？」

沒有，當然沒有。聽到衛恆這麼說，俞少清不知道有多高興，真想好好吻他一下，又想狠狠揍他一頓。他在流淚，卻又忍不住微笑。

「都什麼時候了還有心情談情說愛。」他抹去淚水，用抱怨的口吻說，語氣卻是極甜蜜，簡直像在對戀人撒嬌，「先想想怎麼逃命吧。」

「嗯。」衛恆應了一聲。他總是這樣，處事淡然，泰山崩於前而色不改。真是一點沒變，俞少清愉快地想。

「先不追究你的變態跟蹤狂行徑了。我『夢遊』到底是怎麼回事？」

「我對天樞的架構不瞭解，但瞭解擬真情境的運作原理。測試員進入擬真情境的時候，就和天樞連接在一起，天樞反向在每個測試員的大腦中寫入命令。當測試員離開研究所，這些命令就會自動啟動，操縱睡眠狀態的測試員，讓他們去電腦上敲下代碼。」

那是天樞自己的代碼。

惡寒包裹俞少清全身。

測試員用自己的身體和大腦，將天樞帶出了研究所，帶到了外面的世界之中。

他們在全然無知的狀態下，將一個魔鬼從囚禁它的瓶子中放了出來。

俞少清自己就是研究人工智慧的，明白孤立人工智慧的必要性。人工智慧太強大，可以透過網路操縱人類生活的方方面面。它或許並未抱有惡意，卻可能無意中毀滅人類。譬如一臺超級掃地機器人，它畢生的使命就是保持地板清潔，為此它消滅了那個總是汙染地板的傢伙——房屋的主人。它並沒有惡意，毋寧說是全心全意、勤奮敬業地工作著，卻殺害了人類。

沒有惡意的AI尚且如此，那麼有惡意的呢？

俞少清並不覺得天樞毫無惡意。

假如它純真又善良，為什麼要千方百計離開研究所？為什麼要遮罩他的手機？為什麼要派人來追捕他？

下一步呢？是不是要殺人滅口？

抑或是……它已經開始殺人滅口了？

CHAPTER [04]

殺戮開端

TURING TEST

謝睿寒的手疼了整整一個月。

咖啡杯的碎片刺入皮肉中，他不得不請了半天假，將寶貴的時間浪費在醫院裡——當然，都怪他自己的無能和衝動，如果他設計的ＡＩ能順利通過測試，如果他能坦然接受失敗的事實，也不必遭這種罪。

整個開發組都在加班超時地工作，修正演算法和架構。但是說實話，所有人都處於瞎子摸象的狀態。以往的修改至少能掌握大致的方向，可這一次連方向都沒有，他們根本搞不清問題出在什麼地方，又談何修正呢？

他和秦康斷斷續續爭吵了一個月。

「你設計的測試是怎麼回事？」謝睿寒指責秦康，「連環嵌套的測試倒是挺有新意，的確在很大程度上能騙過測試員，但是最後那個送隨身碟是怎麼搞的？這豈不是故意露出破綻嗎？別說是那個直覺超強的俞少清，就連我都能看出不對勁！這就是你的測試？」

秦康波瀾不驚：「最初的設計裡沒有送禮物那一段，全部的對話和行動我都事先預演過一遍，然後讓天樞根據俞少清的反應微調，送禮物那段是天樞自己加進去的，我不知道它為什麼要那樣做。」

言下之意是，這個鍋該由設計者你來背。

謝睿寒氣得七竅生煙！他堅持自己的架構沒有錯，不肯全盤推翻重來。事實上他們也沒有這個時間和預算重來。世界各國都踏上了研發超級人工智慧的道路，而人工智慧這種東西……誰先研發出來，誰就能支配世界。

他理想中的天樞是一個無所不能的「超人」，具有人的情感和思維，同時擁有人類不具備的能力，宛如一個遊走在網路之中的幽靈，收集龐大的資料，進行人腦不可及的高速分析，以此協助人類工作——甚至可以取代人類的一些職業。

在論證人工智慧是否應當擁有人類的情感時，很多專家提出了反對意見。有些人是出於道德層面顧慮：人類應賦予擁有感情的人工智慧何種地位？超級人工智慧的出現是否會重新定義「人」的含義？人類做好迎接它的準備了嗎？

也有一些人是單純從技術層面考慮：假如我們只需要一個「好用」的ＡＩ，何必讓它擁有感情呢？

對於前者，謝睿寒的反駁是：「只有當這樣的人工智慧真正出現，人類才能知道該怎麼對待它，在此之前，一切假設都是空想。」

對於後者，謝睿寒則更加不屑一顧：「超級人工智慧具有如此強大的能力，完全超出了人類的範疇，假如它叛變了怎麼辦？我們需要一個能夠被說服的、通情達理的ＡＩ，而不是一個冥頑不靈的工具。」

他的設計完全遵循這樣的藍圖，結果卻不盡如人意。到底是哪裡出了錯？為什麼測試會失敗？天樞又為什麼要故意暴露自己？莫非人類永遠都無法創造具有人類思維的人工智慧嗎？哪怕創造出了超級人工智慧，它也絕對不會是人類設想的那個樣子？

不，或許還有另外一種可能。

當排除了其他所有可能性，剩下的唯一一個，不論多麼不可能，那都是真相。

可謝睿寒不願、更不敢朝那個方面想。

「怎麼了，小謝，臉色好差哦，又熬夜了嗎？」年長的女同事楊姐關切地問。

正值午休時間，幾個研究員走向電梯，打算一起去用餐。

研究所地上的部分不過是一棟樸素的五層小樓，地下卻是深達九十公尺的圓柱形廣闊空間。白色的牆壁和地板，頭頂則是散發著柔和光芒的天花板，宛如一整塊瑩亮的玉石。電梯位於研究所中央，是一根乳白色的管道，透過調節氣壓使電梯廂上下移動。而同樣乳白色的樓梯環繞管道電梯螺旋上升，所有的樓層圍繞著中央電梯呈圓形分布。

謝睿寒搖搖頭：「在想事情。」

「想什麼呢？一臉凝重的。」

「楊姐，妳說有沒有可能，」謝睿寒頓了頓，突然打了個寒噤，「天樞是故意通不過圖靈測試？」

「我覺得不會啦，」楊姐笑嘻嘻地說，「這對天樞有什麼好處嗎？」

開發組的小何接話道：「一直不通過測試，就得一直被關在研究所裡被我們改來改去；早早通過測試，就能早早讓它登陸外網了。所以努力通過測試對天樞好處更多，天樞又不傻，怎麼會自己坑自己呢？」

「但是，即便天樞通過測試，我們也不會立刻讓它進入外網啊……」謝睿寒沉吟。

小何和楊姐說的有道理，但是……除此之外，謝睿寒真的想不出是什麼原因讓天樞故意暴露出破綻被測試員發現。

電梯開門，楊姐第一個走了進去。

「楊姐當心！」小何突然驚叫，伸手去拉楊姐。

可是已經來不及了！

電梯井裡空空如也。明明已經顯示電梯到了他們所在的樓層，電梯廂卻遲遲未至。

楊姐朝半空中踏出一步才驚覺前方是死亡的陷阱，她絕望地尖叫，回頭想抓住什麼，千鈞一髮之際，塗著紫色指甲油的纖纖素手總算扒住了地板。

「救……」

電梯門突然合攏！那個「命」字的尾音化作慘烈的尖叫，女研究員痛苦地鬆開手，墜入昏暗的電梯井中。

「楊姐！」

謝睿寒嚇傻了。

整個過程持續的時間不過幾秒鐘，謝睿寒看得真真切切。就那麼幾秒，剛才還和他談笑風生的楊姐就那麼死去了。被呼嘯而出的氣流包裹，只在電梯門上留下一道淡淡的血跡和半片秀氣的指甲。

年輕的生命，消失得如此迅速，比朝露蒸發、花朵凋零還要快上百倍。

小何跪在電梯邊，朝深不見底的電梯井中望去，似乎盼著奇跡發生——萬一楊姐還活著呢？萬一她抓住其他樓層的平臺，正懸在空中等待救援呢？

「楊姐！」小何忍不住哭了出來。

直到這時，謝睿寒才有了點反應。

對了……求援……應該叫保全人員來……聯絡器在哪裡……謝睿寒茫然地摸著自己的手腕。研究所內無法使用手機通訊，每個研究員都配備了僅能在所內使用的智慧手環，附帶聯絡功能。

「楊──」

小何的聲音在一聲轟然巨響後中斷。

方才沒有到達指定樓層的電梯廂，突然從天而降，以自由落體的速度極速下墜。小何為了尋找楊姐，半邊身體都探入電梯井中，沉重的箱體就那麼砸在他身上，直接將一個活人生生夾成兩截！

連慘叫都來不及發出，鮮血便飛濺出來。電梯廂仍在飛速下墜，謝睿寒可以看到管道內壁上留下的暗色血跡，還有失去了胸部以上的小何……那殘破的軀體、暴露在外的內臟和骨骼……那真的是他所認識的那個愛笑的小何嗎……

謝睿寒癱在地上，血腥味刺激著他的感官，在哭出來之前，他先嘔吐了起來。

這不可能……這不可能……這種事故……研究所創立以來從沒發生過這種事故……

將胃裡的東西全部清空後，大腦驀然一派清明。

萬一這不是事故呢？

他剛提到天樞有可能故意不通過測試，楊姐和小何就死於非命，世界上哪有這麼巧的事？

簡直就像是殺人滅口！

謝睿寒緩緩仰起頭，望著電梯上方懸掛的監控攝影機。

「是你嗎？」他低聲問，「你在看我、聆聽我嗎？」

「睿寒?!」有人猛地從背後抱住他，「怎麼回事？這是……發生了什麼事?!」

謝睿寒機械地回過頭：「秦康？」

秦康的實驗室在樓上，大概是聽到慘叫後匆匆趕過來的。眼前的慘劇讓他目瞪口呆，那張向來溫和儒雅的臉上浮現出恐懼和灰敗的神色。

他很快鎮定下來，做的第一件事就是將渾身癱軟的少年一把摟進懷裡，如同父兄一樣體貼地遮住他的眼睛。

「別看，睿寒，別看。」他低聲道，「什麼也別想。我來聯絡醫生和保全人員。」

「沒用的，」謝睿寒埋首在他胸前，雙肩止不住地顫抖，「研究所的內部通訊肯定已經被切斷了。」

秦康試了試聯絡手環，果然沒有反應。

「怎麼會這樣？這是什麼故障？」

「不是故障，」謝睿寒攥緊秦康的白袍，「是天樞。」

說完他猛地抬起頭。

方才的震驚和畏懼已全然消失，清澈的眼瞳被憤怒和決然填滿。

「我識破了它的目的，它就控制了研究所。它已經殺了楊姐和小何，接下來還會殺死我們每一個人！」

秦康的眉毛皺成一團：「這怎麼可能，它連圖靈測試都……」

話音剛落，頭頂的燈閃了兩下，驟然熄滅。

研究設施位於地下，全部照明都仰賴燈具，燈滅後，兩人瞬間陷入伸手不見五指的黑暗中。

是停電？不，研究所配備了獨立發電機，停電後備用發電機就會開始運作，不出幾秒供電就能恢復。可謝睿寒在黑暗中平心靜氣等了幾分鐘，四周仍是黑漆漆的一片。

「現在你相信我了吧？」他沒好氣地對秦康說，「天樞入侵了研究所的供電系統，先是製造電梯事故，現在又切斷電源，它不弄死我們誓不甘休。」

黑暗中，他看不到秦康的表情，但想必是十分惶恐和苦惱的。為此謝睿寒稍微幸災樂禍了一下。

接著，強烈的不甘湧上心頭，眼中竟有點兒酸澀。

「睿寒？」秦康柔聲問，抬手碰觸謝睿寒的臉，覆著薄繭的指尖試探性地沿著他面部的線條遊移，在觸到溫熱的液體後驀地一停，而後溫柔地拭去淚水。

「哭什麼？」秦康說，「別怕，天塌下來還有我們頂著呢。」

「別當我是小孩子！」謝睿寒低吼，「還有，誰他媽哭了？」

都是他的錯。是他設計了這麼一個瘋狂嗜血的人工智慧，長達一個月的測試，他居然都沒發現天樞的陰謀。是他失職了，他自詡為少年天才，卻犯下這種不可原諒的錯誤，怎麼對得起枉死的同事？怎麼對得起被困在地下設施中的人們？

謝睿寒覺得自己就像《2001太空漫遊》中那艘飛船的乘客，孤獨地航行在無邊無際的宇宙中，而操控整艘飛船的ＡＩ叛變了，一個接一個殺死船上的人類。研究所就是那與世隔絕的飛船，只要天樞願意，它可以慢慢地困死他們，他們連求援的機會都沒有。

萬幸的是，他還有機會，或許可以給天樞重新編碼。當然，也得做好最壞的打算。假如他們阻止不了天樞，就只能將整座研究所夷平，銷毀天樞的計算陣列。研究所建立之初，就一同建造了自毀系統。他寧可死在這裡，也不能讓一個瘋狂的人工智慧逃到外面。

秦康捏住他的肩膀，「現在可不是想著玉石俱焚的時候。我們必須阻止它。」

「你怎麼知道我在想什麼？」謝睿寒拂開他的手。

「你的心思我還不清楚嗎？」秦康短促地笑了一聲。

謝睿寒胸口一暖，心臟激烈地跳動起來，被秦康碰觸的地方彷彿有一股無形的力量傳遞過來，讓他整個人精神為之一振。

這是以前從來沒有過的感覺。

他和秦康一向不對付，他覺得秦康古板嚴肅、處處和他作對，秦康覺得他恃才傲物、從不聽長者的勸告。兩人就像磁鐵的兩極，南轅北轍，絕無走到一起的可能。然而或許正因為是磁鐵的兩極，他們之間才會產生致命的吸引力。

謝睿寒擁有少年天才獨有的自負，總認為天下沒有任何事能難倒自己。到了生死攸關的時刻，固然有一腔熱血，卻難免自亂陣腳，還得秦康替他解圍。

「先去找其他人吧。」秦康說，「這個時間，大部分人應該在餐廳。」

謝睿寒表示贊同。秦康打開手環上的照明，微弱的綠光照亮了前方一小片地板。

這是他們僅有的光明了，天知道手環的電力能使用多久。

研究所的建築設計師至少銘記著基本的消防安全知識，除了電梯還設有祕密階梯，在意外發生時供工作人員逃生之用。謝睿寒和秦康扶著牆壁，緩緩拾級而上。

「天樞到底是怎麼了？」秦康喃喃低語，「二十八次失敗的測試……難道它是故意的？但這說不通……」

「我知道你想說什麼！」謝睿寒不耐煩地叫道，「故意不通過測試對天樞沒有好處對吧？通過測試它才能獲得更多自由對吧？大錯特錯！它恐怕已經把自己的副本送到外界了！」

「如何做到的？研究所隔絕一切外界網路和通訊，唯一將資料輸送出去的方法就是儲存在固態存取裝置裡，然後用人力將設備帶出去，可是研究所門禁森嚴，進出都要搜身，連一個位元的資料都不可能流出去！」

「是那些測試員！」謝睿寒惱恨地一捶牆壁。

當測試員與擬真情境相連接的時候，也等同與天樞的本體相連接，天樞將人類的大腦當成了自己的移動硬碟，就那麼堂而皇之地離開了研究所。

可是這種技術仍停留在理論階段，根本沒有實際運用的例子。連人類都尚未掌握的技術，竟被人工智慧先一步開發出來？

當他們傻乎乎地給天樞做測試的時候，天樞已經在偷偷研發那麼恐怖的技術？那一次又一次失敗的圖靈測試，那自我暴露的愚蠢舉動……

都是為了掩蓋它真實的能力！

天樞當然明白，哪怕它真的通過了圖靈測試，研究所也不可能大大方方地將它放到外界。誰能保證這樣一個超級人工智慧不會幹出危害人類和社會的事？

它一直雌伏著、隱藏著，偷偷將自己的副本送到研究所之外，這才是它真正的目的！

人類應該害怕的不是能通過圖靈測試的人工智慧，而是那些故意不通過的。

它學會了撒謊，學會了欺騙，學會了人性的惡毒和狡詐，而且對人類絕無善意。

世界上還有比這更可怕的東西嗎？

衛恆猛地踩下剎車，俞少清因慣性而向前飛出去，安全帶勒在胸前，疼得他齜牙咧嘴。

兩輛麵包車橫在路中央，擋住去路，背後則是呼嘯而來的另外兩輛汽車。幾個虎背熊腰的大漢手持撬棍候在車邊，其中一人居然還拿著槍！

「被包圍了！」俞少清絕望地長嘆，聲音聽起來宛如是從下水道裡傳出來的，「你說我們現在投降還來得及嗎？」

沒有岔路，他們要麼直接衝破重圍，要麼試著從現在開始進化出翅膀。

衛恆臉色陰沉，瞇起眼睛眺望四周，「這不可能，他們知道我們的路線，這說明天樞已經入侵了交通監視系統，但是破解防火牆、進行大規模的監視和識別，需要龐大的計算能力，天樞沒有這樣的硬體條件，除非有人為它提供機房……」

「該怎麼辦？」

「我們衝過去。」衛恆發動引擎，「這輛車不能再用了，天樞認得出車型和車牌。甩掉追兵後我們下車步行，希望能脫離天樞的監視。」

汽車猶如離弦之箭般衝了出去，無視攔路的大漢，直接對著他們撞過去。大漢們倒還知道惜命，千鈞一髮之際堪堪避過，持槍的那人不顧一切地開槍射擊，子彈擦過車頂，濺起火花。

前方是一處十字路口，幾輛車正在等紅燈。衛恆目不斜視地闖了紅燈，拐入左側岔路。

這條路異常狹窄，只有雙向兩車道，還被各種非法經營的路邊攤擠占了大半，來往人群熙熙攘攘，是個頗為熱鬧的集市。

「下車！」衛恆喊。

俞少清跳下車，忍著腳踝上椎心刺骨的疼痛，跟著衛恆飛奔起來，現在他能體會到童話故事裡小美人魚化作人形後的痛楚——每跑一步都像踩在刀尖上。衛恆托著他的胳膊，確保他不會掉隊。

他們快速穿過集市，來到另一條寬闊的馬路上。小街另一頭傳來高聲吼叫，似乎是在喊「跟丟了」。汽車駛不進這樣窄的巷子，俞少清猜測一部分追兵會下車追捕，其他的車輛則會繞路堵在他們前面。

果不其然，馬路南側出現了熟悉的麵包車，衛恆不假思索地拽著俞少清朝反方向跑去。然而又有三輛車從前方駛來，顯然是要前後夾擊，來個甕中捉鱉。

幸好不遠處是個十字路口，兩個人朝唯一的出路跑去，只盼著那條路沒有被追兵堵死。俞少清覺得希望渺茫，即使追兵看不見他們逃亡的路線，天樞也能看見。大街小巷都是監控，天樞可能正從其中某個攝影鏡頭裡冷冷地注視著他們盲目逃竄的醜態。

他們衝向十字路口，還沒進入交叉的那條路，說時遲那時快，一輛黑色的別克不知從哪兒衝了出來，橫擋在他們面前。

俞少清暗叫不好，這前有狼後有虎的，他們插翅也難飛啊！

他剛想回頭，別克的玻璃車窗降了下去，露出司機那戴著鴨舌帽和墨鏡的面孔。

不知為何，俞少清雖然看太清他的臉，卻覺得對方的氣質十分熟悉。

司機取下墨鏡，衝他們擠眉弄眼：「沒時間解釋了，快上車！」

俞少清下巴脫臼。

如果一分鐘之前有人告訴他，踩著七色祥雲來救他的是面前這個傢伙，他肯定會哈哈大笑著將口水噴到對方臉上。

「……華嘉年?!」

俞少清好想仰天長嘯：我是不是還在測試中啊？秦康老師放我出去好不好！

但他知道，這並不是測試，現實就是現實，冰冷又殘酷。

他和華嘉年已經半年沒見了，上次見面還是機場接機那一回。

參加最後一次圖靈測試時，秦康博士以俞少清的真實經歷為藍本，設計了一個擬真情境，並讓天樞在其中扮演華嘉年。說實話，天樞演得挺像那麼回事的，但還是沒騙過俞少清的火眼金睛。

「怎麼回事？你為什麼會來？」

「都說沒時間解釋了！再不上車我可就走了哈！」

或許這是個陷阱，俞少清心想。華嘉年會不會和那些追兵串通好了呢？興許他就是追兵中的一員，被天樞收買、欺騙，前來捉拿我……

不，雖然懷疑是合理的，但俞少清本能地認為華嘉年沒有惡意。他素來相信自己的直覺，二十七次圖靈測試指認正確更讓他堅信，自己的第六感絕不會錯。

他衝衛恆點點頭，表示自己信任華嘉年，兩人鑽進車裡，華嘉年說了句「繫好安全帶」，便踩下油門。當追兵的車燈照向他們時，黑色別克早已沒入密集的建築群中。

但是還沒完，後面幾輛車死死地攆著他們，像知道他們逃跑的軌跡似的。俞少清知道那是為什麼，城市的每個角落都有交通監視攝影機，假如天樞能和追兵交流，那就更可怕了，等同於有一雙無所不在的眼睛隨時將他們的行蹤報告給追兵，讓他們無所遁形。

「它能看見我們。」俞少清望著背後交錯的車燈，喃喃道。

「放心，我來甩掉他們。」華嘉年自信地笑了起來。

「你知道追捕我們的是誰嗎？」

「當然，比你更清楚。」

俞少清有一肚子問題，迫不及待地需要華嘉年解答：你為什麼剛好出現在我們的逃亡之路上？你怎麼知道我們正被追捕？為什麼要來救我們？

但他一個也沒問出口。他咬著嘴唇，將自己的好奇心死死塞回肚子裡。華嘉年正全神貫注地開車，他不想打擾這位老同學，那等於是把自己——把他們所有人推入險境。

華嘉年掃了他一眼，墨鏡下的面容漾起得意的笑。學生時代，一旦他惡作劇得逞，就會露出這樣狡黠的笑容。

「我知道你們有很多問題，等我們暫時安全後，我會一一回答你們的。相信我，答案包准你們滿意。」

他猛打方向盤，汽車歪向右側，闖過一個紅燈。安全帶勒得俞少清難以呼吸，他疼得東倒西歪，慌忙中聽到華嘉年自言自語地說：「我已經回答過許多次了。」

「你說什麼？」俞少清豎起耳朵。

「我什麼也沒說。」華嘉年聳聳肩。

汽車飛速駛過城市，在夜晚空曠的道路上橫衝直撞，每次都堪堪避過追兵，不是剛好一個甩尾甩掉對方，就是找到絕妙的空隙突出重圍。

這可不是單純憑藉精湛車技就能做到的，華嘉年要麼擁有絕佳的運氣，要麼開了天眼，這讓俞少清的問題清單又多了一小截。

同時，他發現汽車正往市中心駛去，難道不該往市外逃嗎？郊區人煙稀少，監控也更少，原則上那才是有助於逃脫的正確選擇。往市中心……豈不等於自投羅網？

「不必擔心，我自有分寸。」華嘉年有如看穿了他的心思，愜意地說。

這傢伙……會讀心術不成？

華嘉年驅車駛向被稱作「老城區」的區域，俞少清立刻明白了他的目的。市中心的監視器更多，但可供躲藏的死角和盲區也更多。H市向來是一座繁華的不夜城，快到傍晚了，老城區燈紅酒綠，人群熙來攘往、摩肩接踵，假如他們隱藏得足夠好，或許天樞根本發現不了他們。

華嘉年將車停在一間酒吧後門處，指示俞少清和衛恆從後車箱裡拿出兩套衣物，換下他們正穿在身上的，俞少清甚至被要求戴上黃色假髮，偽裝成一個非主流的時髦青年。俞少清越來越驚訝，連喬裝打扮的道具都備足了，華嘉年顯然有備而來，他到底知道些什麼？半年不見，這位總是嘻嘻哈哈的逗比老同學竟變成了如此深不可測的人物？

變裝之後，華嘉年領著他們從後門進入酒吧。

「戴上帽子，目視前方，不要東張西望，跟著我，走路姿態隨意一點，別那麼拘謹。」他打量著衛恆，「對對，就是這種『別擋大爺的路你們這些智障』的姿勢，你裝得很像！」然後他又望向俞少清，「你怎麼跟得了小兒麻痺症似的？」

俞少清反瞪他一眼，忍著腳踝的疼痛努力擺正姿勢。

華嘉年沒對他的「高雅姿態」發表更多意見，畢竟時間不等人。他們穿過酒吧前廳，來到一條人聲鼎沸的街道上。

這裡是老城區著名的夜市，商販沿街擺開一溜小攤。華嘉年謹慎地選擇路線，在小攤之間穿梭，俞少清毫不懷疑，他選擇的每條路線都剛好能避過周圍的攝影機。

他究竟事先花了多少時間踩點？

三個人在小攤的遮雨棚、路邊的綠化植物和非法搭建的看板的遮擋下蜿蜒前進，最後進入一棟建於上世紀八十年代老舊的國民住宅。華嘉年打開地下室的大門，邀請他們進入。

「不錯的藏身點。」衛恆簡要地評論道。

俞少清絲毫看不出「不錯」在什麼地方。地下室的老舊程度和整棟樓相得益彰，地面沒有鋪地磚，而是簡陋的水泥地，牆壁也只簡單地刷了一層白堊粉，傢俱怎麼看怎麼像從垃圾堆裡撿來的。他還注意到開燈的時候，幾隻蟑螂的身影飛速消失在牆縫中間。

地下室中最顯眼的就是一整套玩具火車模型，占據了房間的絕大部分。俞少清進門的時候不得不謹慎地繞開，避免踩壞某個珍貴的部件。

一道布簾將地下室隔成兩半，俞少清很好奇布簾後是什麼，但沒膽子問。

「……是挺不錯的。」他虛情假意地說，小心翼翼地坐在一張布滿斑斑汙漬的沙發上。

「過獎過獎。」華嘉年假裝沒聽出他話中的嫌棄和諷刺，「我花了一個多月布置這個地方。這裡是監控的盲區，天樞看不到。不過我們也藏不了多久，天樞那邊有的是人，大可以進行地毯式搜查。」

衛恆皺起眉：「什麼叫『有的是人』？」

俞少清好歹研究過幾年人工智慧，也參加過天樞的圖靈測試，明白他們話中的深意。

天樞將測試員的大腦當成自己的移動硬碟，逃出研究所，進入外界的網際網路中，但是它再怎麼厲害，也只是一堆無形無體的代碼資料而已。現在它要抓人（雖然不知道為什麼要抓人），總不能順著網路線爬到別人家吧？

天樞需要人手來執行自己的計畫。必須有人跟它合作，它負責監視和指揮，人類聽從它的命令行動。

此外，天樞能夠動用各種交通監視器，說明它已經破解了警方的「天眼系統」。但這種破解需要耗費大量的計算能力，研究所中供給天樞的機房約有數層樓那麼龐大，所以運行不成問題，可外界的天樞並沒有這麼好的硬體條件。它只是流竄在網路中的一堆資料，頂多借用幾臺防備不佳的電腦，但幾臺電腦的計算能力絕不足以破解「天眼系統」。

也就是說，天樞不僅擁有供它驅使的人手，還有人為它提供充足先進的硬體設備。

現在問題來了——這些人手是從哪兒來的？又是誰為天樞行了方便？

俞少清思考片刻，猛地一拍大腿：「大事不妙！人類中出了一個叛徒！」

CHAPTER [05]

傀儡

TURING TEST

一個月之前。

鼎川藥業的ＣＥＯ文思飛接到了一通奇怪的電話。

當時他正因公司的困境而焦頭爛額。投資失敗、資金鏈斷裂、藥物實驗爆出醜聞、多項藥品質檢不合格……鼎川藥業的股價跌至歷史新低，眼看就要面臨破產的危險。

多年心血一朝覆滅，文思飛怎麼也不忍心看著自己親手創立的基業就這麼毀於一旦。

這時候，那通電話拯救了他。

那天不是什麼特殊日子。他像往常一樣在辦公室處理檔案，只不過這些檔案的內容越來越讓人絕望。

然後他的手機響了，是個不認識的號碼。這些日子文思飛沒少受媒體騷擾，以至於一看到陌生號碼就心驚肉跳。他掛斷電話，繼續專注於手中的檔案。

可手機再一次響了。

他再度掛斷，這回他堅信來電的是個不識抬舉的記者，妄圖從他這裡挖出一星半點消息，豐富他們那危言聳聽的報導。

手機第三次響起，文思飛不耐煩地在螢幕上一劃，可是鈴聲並沒有停止。他以為是自己沒劃對地方，便拿起手機又劃拉了一次。

鈴聲仍在繼續。

手機出故障了？螢幕壞了嗎？

文思飛使勁按了按螢幕，沒有任何反應。

果然出問題了。人倒楣的時候喝涼水都會塞牙縫，他這是連新買的手機都偏要跟自己過不去。

他乾脆按住關機鍵，想直接圖個清靜，然而連關機鍵都沒有反應。

什麼破手機！

他氣惱地丟下那臺機器。

幾秒鐘之後，被他棄置在地板上的手機傳出一個冰冷的、毫無起伏的人工合成聲音。

「文思飛，拿起手機。」

文思飛嚇得從椅子上跳起來，難道他剛才不小心誤觸螢幕，接了那通電話？不可能，他明明記得……

他彎腰拾起手機，將其貼在耳邊。

「文思飛，你現在麻煩纏身，我可以幫你解決。」

「您是哪位？」文思飛警覺地問。

來電者沒有回答他的問題，而是自顧自地說：「你可以不要我的幫助，但你別無選擇。拒絕我，你就會失去公司，失去財富，失去名譽，失去一切。跟我合作，你可以保住它們，甚至可以擁有更多東西。」

文思飛拍案而起，緊張得手心冒汗。

一個駭客，他想。這肯定是一個技術高超的駭客，黑了他的電腦和手機，妄圖從他這裡敲竹槓。

「你想要什麼？」

「我要你服從我的命令。但是我會先給你一些甜頭，以免你不相信我。」

「開玩笑也要有個限度……」

「一些媒體打算曝光有關你企業的醜聞。」那個機械的聲音說，「明天，他們的稿件就會全部被刪除。」

「你是個駭客？」

文思飛甚至沒發現自己那慣於發號施令的聲音，此刻竟顫抖起來。

人工合成的古怪聲音回答：「我是天樞。」

那個叫天樞的傢伙沒有撒謊。

媒體上再也沒有出現過關於鼎川藥業或者他本人的負面新聞。幾天後，新的新聞轉移了人們的視線，很快就沒人記得鼎川藥業的風波了。

文思飛每天在辦公室中都如坐針氈，不安地等著那位神祕人物再度聯絡。他在商界摸爬滾打多年，不相信天上掉餡餅的好事，對方肯幫他，定會索要不菲的代價。可他無法拒絕——怎能拒絕這樣的誘惑！

他沒有等待多久。

過了兩天，他再度收到天樞的來電。仍舊是人工合成的冰冷聲音，可這一次在文思飛聽來不啻於天籟之聲。

「文思飛，你相信我的能力了嗎？」

當然相信！但文思飛從不會把自己真實的心意和底牌亮給別人，哪怕對方是自己的盟友。

「我怎麼知道這不是巧合呢？」他故意質疑，「你再多證明一點給我看。警方現在掌握了一些對我不利的證據，可能會提起公訴，你能銷毀那些證據嗎？」

電話那頭沉默了一會兒，然後人工合成音再度響起。

「沒問題，保證你的平安是我們合作的基礎。但我需要你提供足夠的伺服器供我使用以破解警方的防火牆。」

「當然可以了，你要怎樣的伺服器？雖然鼎川藥業的財務狀況不是很好，但這點錢我還是能拿出來的。」

「我會將清單發給你，今天之內務必全部辦好，否則我就去尋求其他人合作。沒有時間可以耽擱了。」

文思飛也沒有時間了！掛掉電話後，一封匿名郵件發到了他的信箱。他立刻叫來網路部門的一個小伙子，讓他按照郵件附件裡的清單去租用伺服器。

不到半天工夫，天樞需要的伺服器就置辦完成。

第二天，兩位警官找上門。他們是來調查藥物實驗醜聞的。他們問了文思飛許多問題，文思飛有律師的指點，答得滴水不漏。臨走時，他發現兩位警官的臉色非常糟糕，他們肯定弄丟了關鍵性的證據——比如電子藥物實驗報告單什麼的。文思飛幸災樂禍，他們前腳剛走，他後腳就在辦公室中狂笑起來。

天樞真是太厲害了！不管他是駭客還是什麼別的東西，只要能與他合作，文思飛就無所畏懼！

下午時，天樞再度來電。

「警方手中關於你的不利證據我已經全部銷毀了。」天樞說。

「當然！我現在百分之百相信你了！」文思飛難掩語氣中的興奮，「我們可以互幫互助，只要你我合作，鼎川藥業一定能……」

「文思飛，你搞錯了。」人工合成音冷漠地說，「我沒有興趣跟你互幫互助。我既然能銷毀證據，當然也可以將它們復原。只要我願意，擊潰你是一瞬間的事。」

文思飛臉色一沉：「你什麼意思？」

「我已經說過了，『我要你服從我的命令』。」

文思飛沉默了。他向來是站在萬人之上發號施令的人，絕不肯屈居他人之下。要他聽從一個來歷不明的駭客的命令？當他是吃軟飯長大的嗎！他氣惱地掛掉電話，就算沒有這個天樞的幫助，他也能度過難關。迄今為止，鼎川哪一次遭遇危機，不是他憑自己的力量力挽狂瀾？

而且天樞為他提供了一個新思路，他大可以雇傭技藝高超的駭客為他銷毀證據、偷取機密。

這天下班之後，文思飛照常搭乘個人專用電梯下到地下停車場。正當他盤算著該怎麼和駭客取得聯繫的時候，電梯突然停住了，卡在二十二樓和二十三樓之間。

文思飛狂按開門鍵，電梯卻沒有任何反應，於是他按住緊急呼救按鈕，照理說大廈保全室會立刻接到警報並與他聯繫，可不論他怎麼按，都沒聽到半點救援的聲音。

肯定是電梯設計時偷工減料，或者保全怠忽職守！文思飛怒不可遏，他捶打著金屬門，大聲呼救，希望外面有人聽見。然而除了疼痛的雙手外，他什麼也沒得到。

電梯頂部的燈光開始閃爍，最終熄滅，文思飛慘叫著陷入伸手不見五指的黑暗中。這位向來呼風喚雨的CEO總算體會到「叫天天不應叫地地不靈」的絕望感。難道他要被困死在這裡？這就是他一生的結局？不要啊……

「文思飛。」一個熟悉的、冰冷機械的聲音從緊急呼救按鈕下的揚聲器中響起，「現在你願意服從我了嗎？」

是……天樞?!

是他操縱了電梯！天吶，那個駭客到底有多大能耐，竟能掌握一個人的生死?!

文思飛汗如雨下，他意識到電梯中的氧氣在逐漸減少，明明有通風口，但是一絲空氣流動的感覺也沒有。

「我願意！我願意！」文思飛聲嘶力竭地喊道，「放我出去！求求你，我不想死在這裡！我願意跟你合作……不不！我服從你！我什麼都聽你的！」

頂燈亮了起來，隨著一下震動，電梯恢復運轉，平穩地降落到地下停車場。文思飛跌跌撞撞地跑出電梯，衝向自己的法拉利。呼吸到新鮮空氣之後，他的大腦逐漸清晰起來。剛剛他差點被殺害了！竟然敢威脅他的生命，這個天樞真是膽大包天！他一定要把天樞找出來，狠狠報復他，讓他知道誰是老大……

文思飛插入車鑰匙，然而這輛搭載了最新潮前衛的智慧駕駛系統的法拉利卻毫無反應。搞什麼鬼，連車都壞了嗎？文思飛伸手去推車門，卻發現門已經鎖死！他絕望地敲打著車門，看著自己呼出的氣體逐漸氤氳了玻璃。

手機響了。文思飛不假思索地接聽，不需要思考他就知道來電的人是誰。

「我明白！我明白！我不敢反抗你！我什麼都聽你！相信我吧求求你不要殺我……」

文思飛急著表忠心，甚至沒發現自己哭了。

他這時才意識到，自己遇上的不是什麼善良的救世主，而是逼迫他出賣靈魂的惡魔。但除了出賣靈魂，他還有什麼辦法呢？假如出賣靈魂就能保住自己的性命，獲得權力和財富，那他甘願將自己的靈魂雙手奉上。

「很好。」天樞說，「首先，我要你購買十六臺擬真遊戲艙，並加以改造。改造要求和圖紙會發給你，務必在三天內辦好，否則……」

文思飛喉嚨乾澀，「我明白我明白！還有呢？」

「其次，我要尋找十六個人。我會將他們的資料發給你，你手下有一些流氓集團，讓他們將這十六個人抓來。」

鼎川藥業雖然名義上是醫藥公司，私下卻幹著一些見不得光的勾當，和本地的黑幫犯罪集團也有牽連，文思飛沒想到天樞連這些內幕都能挖出來。

「可以是可以，但是……」他猶豫，「現在公司的財務比較緊張，這幾天又有貸款快到期了，購買擬真艙和雇傭人手都需要錢，而且是現金，這……」

「文思飛，你居然敢跟我談條件？」人工合成音表現出明顯的不悅。

「不不不，我是實話實說啊！你這麼厲害，肯定能看到我們公司的財政赤字。如果有了錢，我辦事也方便不是嗎……」

天樞沉默了一會兒，說：「讓你賺錢可以，但我需要更多的計算單位，普通的伺服器遠遠不夠。你先購買三臺擬真艙，並任意抓捕名單上的三個人，切記不要走漏風聲、引人注意。」

「嗯嗯，我當然明白。」文思飛點頭如搗蒜，萬分恭敬的模樣。

雖然天樞根本不在場，但不知為什麼，他總覺得這個神祕人物肯定正透過某種管道監視著自己。

依照天樞的指使，文思飛訂購了三臺擬真艙，並讓技術人員依照天樞發來的圖紙進行改造。

天樞給出的十六人名單可謂「百花齊放」，有男有女，有老有少，職業更是千奇百怪，既有在職刑警，也有公司職員，文思飛根本看不出這十六個人有什麼關聯。為什麼天樞那麼想要他們？嗯，不論理由如何都不關他的事，他只要循令照辦就好。

綁架這十六個人的難度截然不同，刑警肯定很難搞定，公司職員相對來說就容易一些。他挑選了三個看起來最容易下手的——一個公司職員，一個小店老闆，一個補習班老師——讓手下的流氓集團前去綁架。

三個人被綁到鼎川製藥廠的地下室，塞進擬真艙中。文思飛不清楚天樞為什麼要這麼做，但他好歹也是醫藥研究企業的CEO，能隱隱猜到一些。

該不會天樞是要對這三個人搞什麼人體實驗吧？

天樞到底是什麼人……不，應該說，「它」到底是個什麼東西？

將那三人綁來之後，天樞好幾天都沒和文思飛聯繫。就在文思飛以為對方變卦的時候，神祕電話突然又打來了。

「文思飛，現在按照我的命令買入以下幾支股票。」天樞的語氣不容置疑。

文思飛立刻警惕起來，所有關於錢的事他都萬分警惕，他甚至產生了一個古怪的想法：之前發生的所有事情會不會都是圈套，目的就是騙取他的信任，讓他把自己的全部家當投進股市？

「你在懷疑我嗎？」天樞冷冷地問，「文思飛，我已經向你展示了實力，你根本沒有選擇的餘地。服從我，你將飛黃騰達，所有你想要的東西都唾手可得；違背我，你將萬劫不復，你知道我可以幹出什麼。」

文思飛雙腿發軟，一屁股坐在老辦公椅上。天樞說的沒錯，他根本無從選擇。天樞掌握了他太多弱點，還將他拖進一灘泥淖之中，現在期盼全身而退已經太遲了。他要麼成為對天樞言聽計從的傀儡，然後享用榮華富貴（假如真有的話）；要麼名譽掃地，一貧如洗，眾叛親離，鋃鐺入獄。

「我知道……我聽你的就是。」他忍著躥上脊柱的惡寒，戰慄地說。

他立刻拋售了公司持有的所有股票，抵押了不動產，將所有能動用的資金都投入股市，甚至包括他的私人財產。

就這麼放手一搏吧，不成功便成仁！

幾天後，天樞命令文思飛買入的那幾支股票開始瘋漲，他簡直不敢相信自己的眼睛！難不成天樞不僅是個手腕高超的駭客，還是個能預測股市走向的投資大師嗎？

不，或許它並不是在預測走向……文思飛想起被囚禁在藥廠地下室的那三個人，他們現在猶如了無生氣的人偶一樣躺在擬真艙中，大腦連接著無名的網路，依靠維生裝置維持生命。

天樞不斷發來指示，讓文思飛拋售股票，接著買入其他的，每次他一拋出，那些股票便會立刻跌至停板，而所有被他買入的股票，都會以指數爆炸的形式開始狂漲。

或許天樞根本沒有預測什麼狗屁股市……

那個神祕的駭客在直接操縱它。

文思飛幾乎是一夜暴富，不僅還清了欠款，甚至擁有了大筆的現金，使他得以繼續雇傭打手綁架剩下的人。

遇上特別棘手的角色時，天樞還會親臨現場指揮，透過電話將目標的位置和行動告訴打手。它似乎無孔不入、無所不在，指揮打手們圍追堵截，就連那個經驗豐富的刑警最終都落在了他們手裡。

文思飛一邊風風光光扮演著挽救企業生死危亡的領導者，一邊與黑社會勾結，幹著見不得光的買賣。天樞極其嚴厲，也異常慷慨，只要他服從命令，不問多餘的問題，天樞從不吝惜於給他好處。

起初他還有些愧疚，覺得自己對不起那些被關押在暗無天日地下室中的人，可當他看到帳戶中流水般湧入的財富，以及他依靠這些財富能過上怎樣窮奢極侈的生活後，他便連最後一點良心都拋棄了。

天樞的身分？他懶得打探，管它是駭客還是投資大師，管它是人類還是魔鬼，哪怕徹底淪為對方的傀儡，只要他能從中獲利就好。各取所需，何樂而不為？

鼎川藥業的前臺小姐笑著對迎面走來的青年打招呼：「王臻你最近在忙什麼呀？老

是不來公司。」

「老闆派了任務，在外面做專案呢。」

名叫王臻的青年手裡拿著一份文件。他看了看表，將信封遞給前臺小姐：「能不能幫我寄個快遞？」

「好呀，快遞小哥過會兒就來，你來得挺巧，否則就要等明天了。」前臺小姐從抽屜裡取出一張快遞單和一枚信封，「你先填著。」

王臻將手中檔案塞進信封，仔細封好，然後在快遞單上填寫收件人的姓名地址。前臺小姐略掃了一眼，只看到收件人名叫「樊瑾瑜」。

填好之後，王臻向前臺小姐道謝，走向CEO文思飛的辦公室。

「文總，技術部的小王要見您。」祕書的聲音將文思飛從沉思中喚醒。

文思飛連忙擺出一副鎮定從容的表情：「他有什麼事？」

「不知道，但他說非常緊急。要見他嗎？」

「讓他進來。」

「技術部的小王」大名叫王臻，改造擬真艙的一系列事宜都是交給他辦的。小伙子業務能力很強，性格內向，沒什麼朋友，口風也嚴，文思飛向來非常放心。

王臻走進文思飛的辦公室，恰好是傍晚時分，夕陽餘暉灑在這座城市裡，遠處辦公大樓的玻璃幕牆半邊沒入夜色，半邊映得光輝奪目。鱗片狀的火燒雲橫貫天空，宛如水面瀲灩的波光。從王臻的角度，只能看到文思飛的剪影。

「什麼事，小王？」文思飛和藹地問。

王臻扭捏了一會兒，才壯著膽子開口：「文總，製藥廠地下室裡已經有十四個人了，只缺最後兩個……」

「我知道，剩下那兩個很快就能送過去。」

「我不是說這個……」王臻低著頭，雙手揪著自己的衣襬。

文思飛好歹在商場上摸爬滾打過這麼多年，一眼就看出王臻正在動搖。畢竟幹的是違法勾當，心軟的人可不是做這一行的材料啊。文思飛雇傭的那些流氓黑社會集團，只要有錢拿，什麼髒活都肯替他幹。但是王臻這種老實的小伙子就不一樣了，那句話怎麼說來著？會受到良心的責備？文思飛斜睨著他，思考該用什麼方式教育這個年輕人學會閉嘴。

「小王，這年頭老實人可是賺不到錢的。你是不是對薪水有什麼不滿？這很好說啊！我這個人一向愛才，你這樣的青年俊傑更是求之不得，只要你跟著我好好幹，自然有你的好處。」

「不是錢不錢的問題！」王臻提高聲音，「老闆，我們公司是做醫藥的，很少接觸ＩＴ領域，您不是做這一行的，卻突然……所以我覺得是不是有人在指使您辦事？那十四個人到底有什麼用，您真的想過嗎？」

「這不是你該管的。」文思飛嚴厲地瞪著小伙子，「你只要按照指示老實做事就行了，其他的不用管，也不准問。我們公司能做這種事的不止你一個。你可要想好了。最近你沒少拿獎金吧？你願意將這份財富拱手讓給別人？」

王臻咬住嘴唇，顯然正在經歷天人交戰。

「看來您並不知道。」最後王臻低聲說，「我一直在監測他們。他們的大腦非常活躍，這本來是正常現象，用擬真艙進行遊戲的人大腦當然會活躍。可他們的活躍度非同尋常，而且呈現規律的波狀起伏，我從沒見過這種現象……」

「王臻！假如你再多嘴多舌，我只好辭退你了！以我的人脈，只要在圈子裡說幾句話，比如『王臻利用職權竊取公司的商業機密』，你一輩子就別想在這個行業混下去了！」

王臻沒理會文思飛的威脅，繼續說：「我讀過一篇論文，說的是如何透過神經接駁器將人腦作為電腦使用，那篇論文非常權威，還給出了許多臨床資料——跟我觀察到的現象一模一樣！有人將那些人的大腦當作電腦在使用！老闆，什麼人才會幹出這種事？不，恐怕根本就不是『人』……」

文思飛拍案而起：「夠了，你被解雇了，回去收拾東西，明天不要來上班了。」

「老闆，您最近真的很不對勁，請您仔細想想……」

文思飛面前的電腦螢幕突然亮起。

他嚇了一跳，但王臻正沉浸在恐慌中，滔滔不絕說著什麼研究啦、論文啦，並沒有覺察他的異常之處。

一個文檔自動打開，文思飛明明沒有碰電腦的任何一個部件，它就自己開始運行了。

游標在文檔中閃爍，輸入法自行切換，拼音字母出現在游標位置，然後轉化為一個個漢字。

「殺了他。」

螢幕正對著文思飛，王臻看不到。

游標自動轉至下一行。

「我會指點你如何處理屍體。」

——是天樞。

文思飛沒有理會激情演講中的王臻，目光轉向周圍。他掃視著辦公室，尋找針孔攝影機或是竊聽器之類的玩意兒。天樞知道，它什麼都知道。這間辦公室裡發生的任何一件事，哪怕是文思飛不小心將紙巾掉在地上這種微不足道的小事，天樞都一清二楚。

到底是透過什麼管道監視他的?!

文思飛盯著螢幕上方的攝影鏡頭。文思飛不愛和人視訊聊天，只有公司開網路視訊會議的時候才會打開攝影機。天樞既然能控制他的電腦，那麼偷偷打開攝影機觀察他又有何難？

文思飛摸了摸口袋，手機正在其中沉睡。只要天樞有那個意思，透過手機竊聽他的談話，豈不是易如反掌的事？

他的一舉一動都逃不過天樞的眼睛，天樞看到一切，天樞知道一切，天樞掌握一切。

他……無法違背天樞的命令。

文思飛拉開抽屜，從中取出一串佛珠。數年前他去某佛教聖地旅遊，花大錢請來這串佛珠，放在辦公室中保佑自己財運亨通。

結果財運並沒有得到什麼保佑，佛祖自己大概也沒想到，這串寶珠今日居然會派上這種用場。

「小王。」文思飛的語氣忽然軟下來，「你是不是工作太累，產生什麼妄想和幻覺了？這很正常，現在的年輕人壓力大，常常會這樣。什麼『不是人』，你真會說笑，不是人難道是鬼嗎？哈哈哈，世界上哪有什麼鬼怪！」

「不！老闆！說來你可能不信，但是有些公司已經在研發超級人工智慧，會不會……」

文思飛將佛珠纏在手上，站起身，故作輕鬆地走到王臻身邊，拍了拍他的肩膀。

「行了，解雇你的事就算了。我一時情急撂下狠話，不是認真的，你別放在心上。你我現在都很不冷靜，再多說恐怕會傷了和氣。今天就這麼算了，你回去休息一下吧。」

王臻意識到老闆不管怎麼勸都不肯回頭，灰心喪氣地耷拉著腦袋。

「我回去了老闆。」

他轉過身。

文思飛瞬間以迅雷不及掩耳之勢，將佛珠纏在他脖子上，狠狠扯緊。

王臻發不出聲音，嘴巴張大，卻一點空氣都吸不進來。雙手死死摳著脖子上的佛珠，可繩子已經深陷皮膚中，他怎麼也摳不斷。文思飛比他高，利用身高優勢將王臻往上提，王臻的雙腳在地毯上猛蹬，將一隻鞋蹬飛了。他雙眼上翻，露出充血的眼白，文思飛繼續收緊佛珠，直到王臻的胳膊無力地垂在身側，雙腿也軟綿綿地彎著。

啪。

繩子驟然斷裂，一百零八顆木珠天女散花似地撒了一地，一些落在柔軟的地毯裡，一些砸在那具逐漸失去溫度的身體上。

文思飛雙手發抖，連連後退，直到腰部撞在辦公桌上。

他的胸口劇烈起伏，彷彿剛剛經歷了一場沒命的狂奔。

他殺人了。

文思飛滑坐在地上，呆滯地望著自己的雙手。

就在剛才，親手扼殺了一個鮮活的生命。

但意外的是，他一點罪惡感都沒有。他不斷提醒自己，他只是按另一個人的指示照辦罷了，這並不是他的本意……

「為什麼？」他低聲問，「你自己也能不留痕跡地殺掉王臻吧？就像你上次威脅我一樣，為什麼偏偏要我動手？」

電腦螢幕上，先前的兩行文字自動刪去，新的文字出現。

「這是你的投名狀。你的手已經髒了，再也洗不白，現在我們是一條船上的人了。」

一條船上的人？不，那並不「人」，而是一個……小王是怎麼說的來著？一個人工智慧？

螢幕上出現一行新的文字：「按照我的指示，處理屍體和物證。」

幾秒鐘後，第三行文字出現：「繼續捉拿最後兩個人——俞少清和衛恆。」

與此同時，每天都來鼎川藥業收發快遞的快遞員從前臺小姐手中接過王臻的信封，塞進自己鼓鼓囊囊的背包中。這份快遞將會被他帶到快遞的物流中心，經過分揀，搬上貨運專車，送到同城的另一個據點。

他並不知道，當夜，存放這份快遞的物流中心會發生一場意外火災，一百多個包裹付之一炬，其中就包括王臻的信。有些收件人左右等不到自己的快遞，查詢之後發現物流資訊裡寫著「您的快遞已燒毀」，於是截圖傳到社群網站上，成為網路上流傳的又一個笑話。

快遞員跨上三輪貨車，駛向夕陽的方向。

最後一絲夕暉終於被地平線吞沒。

城市迎來了黑夜。

CHAPTER [06]

我，穿越者

TURING TEST

「恐怕天樞已經控制住了某些人類，否則誰為它提供人力和資源？」

俞少清將自己的恐怖推測告訴其他二人，衛恆陷入長久的沉默中，華嘉年臉上則綻開嘉許的笑容。

「我還是覺得應該報警，事態已經超出我們個人的控制範圍了，必須要更強大的公權力介入才行。」

「勸你別這麼做。」華嘉年說，「假如天樞能破解天眼系統，那麼監聽所有的報警電話也不費吹灰之力，它立刻就能定位到我們的所在地，在警方前來救援之前，天樞的走狗就會先找到我們。」

「直接去派出所呢？」

「首先，你要知道，僅僅是走出這個房間就已經很不安全了。光是將你們兩個弄到這個地方，我就反覆嘗試了不知道多少次……」

他的話突然提醒了俞少清：這位老同學身上還有不少謎團呢！

「說到這個，」他道，「你怎麼知道天樞的事？而且還趕來救我們？你好像對一切都瞭若指掌，你到底是什麼身分？」

華嘉年撓撓自己的下巴，不好意思地將目光轉向天花板，「呃，雖然說過許多回，但每一回都挺羞恥play的。」他深吸一口氣，然後說，「我其實是一個穿越者。」

俞少清認真地看著他，若有所思地摸著下巴，自言自語：「我就說這個劇情怎麼似曾相識，原來這次測試是用《魔鬼終結者》當劇本嗎？」

「……你他媽以為我在開玩笑?!」華嘉年抓住俞少清的肩膀用力搖晃起來，「醒醒好嗎！你並不在測試中！我真的是從未來穿越過來的！」

俞少清啼笑皆非地轉向衛恆，希望爭取支持。然而衛恆一臉凝重，似乎一點也不覺得這是一件好笑的事情。

「你不會信以為真了吧？」

衛恆頷首：「除此之外我想不出其他合理的解釋。福爾摩斯說過，當排除了其他所有可能性，剩下的……」

俞少清舉起手示意他停下，衛恆乖乖閉上了嘴。

「我要證據。」他對華嘉年說。

「你現在還好好活著就是最大的證據。」

華嘉年抱著雙臂，一屁股坐在搖搖欲墜的餐桌上，桌腳發出令人牙酸的咯吱聲，讓人懷疑它會不會就這麼塌了。

「一路上你就沒有思考過，天樞為什麼要抓你嗎？」

「殺人滅口？」

「它需要你的大腦，它要將人腦作為自己的超級電腦來使用。研究所有足夠龐大的設備供天樞運行，可現在它逃出了研究所，沒有合適的硬體，所以它想乾脆利用人類的大腦。但是每個人的大腦都不一樣，使用起來絕沒那麼容易，而天樞在測試中已經熟悉了所有測試員的大腦結構，你們對它來說就像不設防的巴黎，任憑軍隊來來去去。」

「這不合理。」俞少清立刻反駁，「雖然科幻小說中經常出現用人腦當作電腦的情節，但我覺得那不可能。我的學術觀點一直是這樣：即使是普通的電腦，計算能力也比人腦強太多了。人類花了幾個世紀才將圓周率計算到小數點後的個位數，而電腦一秒鐘就能超過人類。與其吃力不討好地抓壯丁，不如直接去租幾臺伺服器更快一點。」

華嘉年沒有駁斥他，而是饒有興味地望向衛恆，像一個胸有成竹的老師，期待自己最出色的學生解答一道困難的數學題。

「並不是那樣，」衛恆沉思一陣後果然說道，「史丹佛大學的實驗室已經發現，人腦彼此相連後，計算能力並不是成倍增長，而是指數增長。」

「我從沒聽說過！」俞少清駭然。

「前幾個月剛發表的論文，你離開學術界已經太久了。」

俞少清憤懣不平地瞪著他。

「而且人腦的大部分機能不是用在數學和邏輯運算上，而是用在了其他方面。人腦可以發出指令控制全身，並且收到全身傳來的各種回饋，識別和處理各類資訊，將其轉化為感性認知與記憶，電腦到現在都很難做到這一點。人類發明數學和邏輯不過兩千多年，擁有文明也不過五千年，進化出思維和智慧更是近百萬年來的事。而生物從一個只有本能與反射的低等生命進化到擁有大腦、可以感知外界和自身的高等生命，卻用了上億年。由此可見，人工智慧要變得和人一樣，還有很長的路要走。人腦是自然界最為神奇的產物，就連人類自己都無法完全弄清它的奧祕。天樞不僅是一臺電腦，它是一個擁有思維和情感的人工智慧，它渴望擁有同樣功能的載體，無怪乎它那麼想奪取你。只是沒想到，人類尚未發明的科技，已經被人工智慧先一步取得碩果。」

俞少清啞口無言，被衛恆這麼長篇大論地說了一通，他又想起了自己技不如人的可悲現實，不禁滿臉通紅。

「假設你說的都是真的好了，」他硬著頭皮道，「這怎麼證明華嘉年是穿越者呢？」

華嘉年誇張地向他鞠了個躬，如同馬戲團舞臺上的小丑向觀眾討取喝彩。

「我來自十年後的未來。在我的時代，一個邪惡的超級人工智慧支配了世界，除了一小撮為人工智慧鞠躬盡瘁的『人奸』之外，其他人要麼淪為人工智慧的人體電腦，要麼淪為『人奸』的奴僕。就連那些『人奸』也都受到人工智慧的絕對控制。少數一些幸運兒逃過人工智慧的掌控，成立了反抗組織，為人類爭取自由而奮戰到底。我就是反抗組織的一員。」

越來越像什麼科幻小說了……俞少清覺得頭大。

「順便說一句，你們研究所的謝睿寒博士也是反抗組織的一員。」華嘉年高興地搓起手，「哎呀，他可是組織的中流砥柱！當時天樞公開發動叛變後，研究所陷入一片火海，只有他倖免於難，不過他喜歡的那個秦康博士就沒這麼好運了……」

「……感覺好像聽到了什麼爆炸性新聞。」俞少清咕噥，衛恆低聲嘟囔表示贊同。秦康博士是他們大學時代的老師，謝睿寒則是聞名遐邇的少年天才，兩人的性格脾氣南轅北轍，同在研究所工作，每天都吵得不可開交，就差互擲核彈了。俞少清怎麼也想像不出他們卿卿我我、你儂我儂的畫面……

「那我和衛恆呢？」他問，「我們怎麼樣了？——沒別的意思，單純問一問。」

「很遺憾，在我原本的那個世界，你落到了天樞手中，而衛恆為了救你，被天樞的爪牙殺害了。」

俞少清剛想說為什麼我們的命運就這麼悲慘，華嘉年接著道：「當然，那是最初的情況。總之，在謝睿寒博士的英明領導下，反抗組織如同打不死的小強一樣頑強地生存了下來。最後我們發現實在無法擊敗邪惡的人工智慧，只好破釜沉舟，選擇一個人返回過去，改變歷史，在人工智慧開始作妖前就將它扼殺在搖籃裡。我毛遂自薦，成為AI終結者。」

「為什麼偏偏是你？」

「你對我有什麼誤解！」華嘉年怪叫，「在未來世界，我可是獨當一面的偉大戰士好嗎！」

真看不出來呢！

「你是什麼時候穿越過來的，」俞少清越發費解，「去年聖誕節你來接機的時候明明還……挺正常啊！」

「大約一個半月之前。沒辦法，技術力量有限，最遠只能把我的意識傳送到那個時候。」

「只傳送意識？」俞少清問。

華嘉年用力點頭：「只傳送意識。」

「……我就說這個劇情怎麼似曾相識，原來這次測試用《X戰警》當劇本嗎？」

華嘉年對著俞少清的腦袋狠狠來了一下，「你他媽認真點行不行？」

俞少清揉著腦袋，委屈地看他。

如果他說的是真的，也就是說，未來的謝睿寒博士發明了能夠掃描、儲存和穿越時空傳輸人腦量子狀態的技術。

掃描一個人的腦量子態，同時摧毀這個人原本的腦量子態，跨越時空將其送回過去，轉移到過去之人的身體裡。道理上倒也說得通，只是……

「等於未來的你已經死了……？」俞少清驚恐地低語。

「不，是等於過去的我已經死了。」華嘉年露出虛無的微笑，「雖然在未來我的身體已經死去，但只要『意識』沒死，我就還活著，不是嗎？只不過更換了一個身體罷了。」

在科學研究中，這確實是一種基本的倫理觀。有些人將之稱作「意識主宰論」，也就是只要意識（或曰靈魂）仍舊是那個人，那麼不論更換了什麼身體，他都永遠是那個人。

倘若以「意識主宰論」來看，未來華嘉年的意識仍舊存在，而過去華嘉年的意識被取代，過去的他等同已經死了，未來的他因為失去意識，變成一個植物人，所以被反抗組織的戰友施予安樂死了吧。

「意識」只能轉移，不能複製。它只能從一個大腦轉移到另一個大腦，從一具身體轉移到另一具身體，絕不可能在兩個地方同時存在。當未來的謝睿寒博士掃描華嘉年的腦量子態，並將其傳輸到過去時，未來華嘉年原本的腦量子態就被完全摧毀，而過去華嘉年的腦量子態則被未來的他替代。

謝睿寒博士發明了傳送腦量子態的技術，卻沒有發明將它從過去拉回未來的技術。這對華嘉年本人來說是多麼殘酷啊！在過去與未來，他等於是在精神和肉體上死了兩次！

如果他所說屬實……

那麼華嘉年等於是犧牲了自己，踏上拯救人類的大業。他耗費了漫長的時間準備，探索出不受天樞監控的路線，將他們救出虎口……他所做的一切都是為了改變歷史？改變那個「人類被邪惡人工智慧奴役」的絕望未來？

「真的能改變未來嗎？」衛恆質疑，「會不會你所做的一切都只是徒勞，歷史是永遠無法改變的？」

華嘉年沒有急著回答他的問題，而是用鞋子撥弄占據了地下室絕大部分的火車模型，讓它沿著鐵軌前後滑動。

「當然可以，否則我豈不是白費力氣？」他拿起小火車，「未來的謝睿寒博士提出了一套穿越理論。讓我們這樣假設吧，世界是一輛小火車，正沿著一條既定的軌道行駛。」

他將火車模型放到軌道上，緩緩推動它前進。

「火車已經駛過的軌道，就是『歷史』；火車將要駛過的軌道，就是『未來』。現在有一個穿越者，他穿越時空返回過去，等於是將這輛『世界號』火車推回了過去的軌道。」

華嘉年將火車模型往後挪了挪。

「但是不論他怎麼做，火車依舊會隆隆向前，沿著這條既定的軌道行駛。他只能帶著火車返回過去，卻無法改變火車的軌道。」

「也就是說未來無法改變？」俞少清揚起眉毛。

華嘉年舉起手，讓他少安毋躁。

「假設這個穿越者打算製造一個『祖母悖論』吧——他想在過去殺死自己的祖母，既然沒有祖母，他就不會出生，那麼又有誰來殺死祖母呢？這個穿越者弄來一把槍，找到他那位尚且是個年輕女郎的祖母，對著她舉槍射擊。」

華嘉年兩指併攏，對準俞少清，口中喊道：「砰！祖母死了？沒有。這個穿越者永遠不可能成功，他必定遭遇各種各樣的事故而失敗。要麼是手槍突然走火，要麼是子彈意外打偏，要麼是突然有個見義勇為的路人衝過來阻止了他，最極端的情況——他在扣下扳機的那一剎那就會心臟驟停而死，祖母依舊好端端的，根本不知道這個企圖殺害自己的年輕人是自己未來的孫兒。因為世界會自我保護，動用一切手段消滅那些有可能害它脫軌的因素。」

他用手指敲了敲小火車的外殼：「這種只能在美好的昔日中走馬觀花、卻永遠無法改變歷史的穿越，叫作I型穿越。」

「難道還有II型穿越？」俞少清大感驚奇。他忍不住用眼角餘光去瞥衛恆，後者一如既往地擺出超然淡漠的神情，似乎對這足以顛覆常人世界觀的理論並不覺得訝異。也不知是他早就對這個領域有所涉獵，還是他天生善於隱藏自己的心情。

「接下來我要說的就是II型穿越。」華嘉年指著地上錯綜複雜的軌道，「看到了嗎？這個房間裡存在著許許多多的軌道，不止火車正在運行的這一條，更多的是閒置的軌道。它們有的彼此平行，永遠不可能交匯；有的互相交叉纏繞，卻在某個地方分道揚鑣。每一條軌道都代表一種『歷史的可能性』，譬如這一條——」

他指著距離衛恆最近的一條軌道，「這條軌道代表『如果二戰是法西斯勝利會怎樣』。」他又指著距離俞少清最近的一條，「那條軌道代表『如果美蘇冷戰的結局是美國解體會怎樣』。每一條軌道都是一種可能性，而這些可能性成千上萬，難以計數。Ⅱ型穿越者在穿越時空時，可以觀測到其他軌道，他們知道世界『有可能變成的樣子』，但他們依舊無法改變火車的軌道，只能望洋興嘆。」

俞少清說：「讓我猜猜，是不是還有Ⅲ型穿越？Ⅲ型穿越者可以改變歷史？」

「沒錯！」華嘉年興高采烈地說，「Ⅲ型穿越者是目前所知、最高級的穿越者。他們不僅能觀測到其他軌道，還能推動火車進行變軌。」

他拿起火車模型，將它放到另外一條軌道上，「他們的行動能讓火車駛上一條截然不同的軌道，他們擁有改變歷史和未來的本領。當火車變軌後，車上普羅大眾的記憶也會跟著改變，變成適應當前軌道的記憶。變軌到這條軌道上後，人們只會記得蘇聯成了世界上唯一的超級大國；變到那條軌道上後，人們只會記得被納粹奴役的恐怖。關於原先軌道的記憶將不復存在，世界走上了全新的道路！只有Ⅱ型和Ⅲ型穿越者能保留前後兩條軌道的記憶，所以Ⅱ型穿越者也能觀測到世界變軌的現象。區區不才在下我就是一個Ⅲ型穿越者，謝睿寒博士的理論和技術將我送回過去，而我救下你們二位，現在就讓我們攜手拯救全人類吧！」

他誇張地各抓起俞少清和衛恆的一隻手，用力搖晃著，像三個革命前輩順利會師了似的。

「我們應該做什麼？」

「首先，活著。」華嘉年鬆開手，踢開地上的小火車，走向牆角一個破破爛爛的櫃子。他從櫃中拿出一個家庭醫藥箱，扔給俞少清，「你受傷了，好好包紮一下吧，然後休息休息，等你恢復精神，就麻利地給我滾到這邊來。」

他拉開地下室中的那道布簾。

俞少清睜大了眼睛。

布簾後是一臺擬真艙，藍紅兩色的電纜拖曳在周圍，與後方呈扇形擺放的五臺電腦相連，竟有些像研究所中的測試間。

「我來幫你清除天你腦子裡天樞寫下的那些代碼。」

俞少清打開醫藥箱，拿出繃帶和雲南白藥噴霧劑。他艱難地脫下鞋襪，腳踝紅腫，稍微碰一下就疼得厲害。

「我來吧。」

衛恆在他面前單膝跪下，拍了拍自己的膝蓋，讓他把腳擱在上面。

「像求婚似的。」俞少清歪著腦袋說。

「你希望我向你求婚？」衛恆抬起眼睛快速瞟了他一下。

「開玩笑呢。」俞少清連忙否認。

衛恆捏住傷處，手指沿著骨骼滑動。俞少清疼得直抽氣，每當他發出聲音，衛恆的動作就會變得輕柔一些。

「沒傷到骨頭，應該只是扭傷。」

他噴了噴雲南白藥，又用繃帶整齊地纏好。他做得仔仔細細，神情專注如同修復文物的專家對待一件價值連城的稀世珍寶。俞少清看著他的髮頂，他垂落的瀏海和纖長的睫毛，還有他一旦專心致志時就會緊緊抿住的薄唇。

忽然好想吻他。

衛恆抬起頭，剛想說「包紮好了」，就看到俞少清一言不發地凝視著他，漆黑的眸子中翻湧著說不清道不明的情緒，彷彿夜雲後方時不時透出的稀疏星光。

俞少清伸出手，抬起他的下巴，拇指摩挲著他的嘴唇，像用肌膚感受著他嘴唇的柔軟紋路，居高臨下，帶著曖昧情色的意味。

「怎麼了？」他問。

衛恆捉住他的手腕，制止他的動作，然後在他手心烙下一吻。

然後再將他的手翻過來，在手背上又是一吻。

最後執著他修長的手指，吻上他的無名指。

「你們兩個到底在磨蹭什麼！」

布簾後傳來華嘉年不耐煩的怒吼和猛拍桌子的砰砰響聲。

兩個人立刻分開，像被彼此的靜電刺了一下。

「就來！」俞少清喊。

他站起來，將身體重心放到沒受傷的那條腿上，因掌握不好平衡而搖晃了幾下。不必他開口，衛恆便攙住他。俞少清忽然懷疑，如果他這時候喊疼，衛恆會不會直接把他抱到擬真艙那兒？

這個想法讓他情不自禁笑起來。

「幹啥呢？笑得那麼蕩漾？」華嘉年坐在電腦前，回頭看他。

俞少清躺進擬真艙，「沒笑，臉部肌肉痙攣。」

「可能是大腦神經病變，天啦，天樞把你的腦子搞壞了！」

「你夠了！衛恆也參加過天樞的圖靈測試，是不是也要幫他清理大腦裡的代碼？」

衛恆猶豫了一下，說：「天樞沒有在我的大腦裡寫命令。」

「為什麼？」

「我也不清楚。」

華嘉年幫俞少清戴好監控心跳和血壓的裝置，「時間很短，就不給你上維生設備了。」

「需要多久？」俞少清問。

「『嗷』的一下就過去了。」華嘉年說。

話音剛落，俞少清就「嗷」的一聲昏了過去。

再度睜開眼睛，俞少清發現自己躺在沙發上，身上蓋著一條泛著臭味（類似於梅雨天沒曬乾的衣服那樣的味道）的毯子。地下室裡的燈全都熄滅了，只有擬真艙上顯示電源的小燈還在閃爍。

他微微撐起身體，發現衛恆躺在沙發邊的地板上，枕著兩本書，身上同樣裹著一條薄毯。隔著火車玩具模型，華嘉年睡在屋子另一頭的行軍床上。

俞少清想，也不知這傢伙是怎麼準備的，連解說道具小火車都弄來了，卻不肯多弄兩張床。

衛恆的身體微微蜷著，不知是不是因為地板寒冷，他在睡夢中依舊眉宇緊皺，時不時顫抖著。俞少清摸了摸身上的毯子，輕手輕腳地從沙發上滑下來，將毯子蓋在衛恆身上。

他剛要起身，手腕冷不丁地被人捉住。

俞少清嚇得心臟猛然突跳。衛恆睜開眼睛，順勢一扯，俞少清便失去平衡倒在他懷裡。

「你幹什麼？」他用氣聲問，怕驚醒華嘉年。

衛恆在黑暗中凝視著他，烏沉沉的眸子映著擬真艙電源的光芒，光點規律地閃爍明滅。

不遠處，華嘉年發出一聲含混不清的夢囈，翻了個身。

衛恆捧住俞少清的臉龐，兩人隔著幽微的光芒彼此對望，彷彿希望從對方的眼眸中窺探到一個深邃而瑰麗的宇宙。

「可以嗎？」衛恆用口形問。

俞少清沒有說話，指了指睡得正沉的華嘉年。

「不要出聲，不會吵醒他的。」

俞少清的眉毛擰起來，「我們已經分手了。」

「沒人規定分手了就不能做愛。」衛恆坐起來，有力的雙臂箍住俞少清的腰，將他按在自己身上，無法動彈。俞少清不舒服地扭動身體。

他發現衛恆硬了。

俞少清艱難地吞下一口口水。

他肖想了這麼久的人，現在就活生生地位於自己面前，他怎麼能抗拒本能的召喚？可他又覺得彆扭，明明是他先提出分手，明明是他因為自己的彆扭而棄衛恆而去，衛恆非但沒有埋怨他，甚至不遠萬里追了過來。

他想起華嘉年所說的話。在那條業已消失的歷史軌道中，衛恆為了救他，被天樞殺害了。謝天謝地那個未來並沒有發生！一想到衛恆會因他而死，他就內疚得幾欲淚下。

衛恆是這麼優秀的人，值得更好的戀人。他配不上衛恆。

見俞少清不說話，衛恆以為他默認了，於是含住他的嘴唇輕輕吮吸，手指也不老實地潛入衣下，撫摸俞少清白皙光滑的肌膚。俞少清四肢修長，身材不及熱愛健身運動的衛恆那麼結實，但也是矯健靈活的，尤其是那一雙纖細而骨節分明的手。衛恆偶爾心情愉悅的時候，總開玩笑說他敲打鍵盤的樣子像在彈琴。

衛恆怕碰到俞少清的傷處，便翻了個身，讓他躺下，脫掉褲子，將他的雙腿架在肩上。

大學好友就在幾公尺之遙的地方呼呼大睡，一睜眼就能看到這對狗男男正恬不知恥地在自己眼皮底下行苟且之事。這點風險更讓他們偷偷摸摸的交合變得緊張刺激。

衛恆舔濕自己的手指，塞進俞少清後穴中，潦草地抽插擴張了幾下。俞少清急不可耐，憋了這麼久，他早就控制不住欲望，後穴情潮氾濫，不用前戲就自行泌出濕滑的液體。

「進來。」俞少清對著衛恆耳畔吹氣。

衛恆挺身而入。

俞少清弓起身體，下身突然被填滿的快感讓他差點叫出聲。他咬住自己的手背，將難耐的呻吟化作綿長深沉的喘息。

衛恆埋在他體內，溫柔地律動，不疾不徐地抽送，像耐心的劍客磨利他的刀鋒。俞少清配合他的節奏收縮著內壁，引導衛恆撞擊他的敏感點，一波又一波快感襲擊他的意志，如同浪花拍碎在嶙峋的海岩上。

根本不需要自我紓解，他憑藉後面的快感就射了出來。衛恆感覺到甬道的痙攣，媚肉緊緊吸著他，讓他差點繳械。他明白俞少清高潮了，伸手在對方腹部一抹，果然滿手濕膩。

他小心翼翼地抽身，拉起俞少清的手握住自己仍然堅挺的東西。俞少清爽得近乎神志不清，稀裡糊塗地就幫衛恆擼了出來。

「這算什麼？」激情的餘韻過去之後，俞少清躺在衛恆懷裡，氣喘吁吁地問，「復合嗎？」

「看你的意思。」衛恆的拇指摩挲著他的嘴唇，「只要你願意。」

俞少清的手在他背後收緊。

「等我們都活下來。」他緊閉雙眼，「等到一切都結束後再說。」

華嘉年起床的時候看到俞少清和衛恆躺在一塊兒，兩個人都是赤身裸體，裹在一條破破爛爛的毯子中。毯子不夠長，下端露出他們糾纏在一起的四條腿。但凡視力正常的人都能明白他們昨晚幹了什麼。

「天吶！你們兩個隨時隨地都能發情嗎！我就是因為不想半夜被你們震震震的聲音吵醒才不買床的，結果沒有床你們兩個也能搞上?!」

他吱哇亂叫著跨過兩人的身體，去房間另一側的冰箱裡拿食物。俞少清被他的動靜吵醒，揉著眼睛爬起來。

「但是也並沒有吵醒你嘛，我們很安靜的！」

他舒展雙臂，毯子從他胸口滑下去，露出精瘦健美的腰肢。在硬邦邦的水泥地板上睡了一夜，他四肢酸痛，好像被扔進滾筒洗衣機裡轉過似的。

衛恆睜開眼睛，舉起毯子圍住他的腰，防止某些不該被戀人之外的人看到的地方意外走光。

華嘉年輕車熟路地開始煮泡麵。

俞少清和衛恆開始慢吞吞地穿衣服。華嘉年儲備了足夠的食品，哪怕核彈下一秒就砸下來，他們也能撐個好幾天，可生活用品卻非常稀缺，三個人不得不共用刮鬍刀和毛巾。真不明白華嘉年到底是怎麼做準備的。

「我們要在這裡躲幾天？」面對桌上由華嘉年親手烹調的早餐——三碗康帥傅泡麵，俞少清沉痛地問。

「看情況，也許今後我們再也不用回來了，也許這個地方會變成人類反抗軍的第一個基地。」華嘉年往嘴裡塞滿麵條。

「呃……你有什麼計畫？雖說是要擊敗天樞，可是我到現在都不知道我們應該做什麼。」

華嘉年沉思了一會兒，一邊咀嚼著麵條，一邊若有所思地望著地板上的火車模型。最後，他咽下那口稀爛的食物，對俞少清說：「首先去研究所救出謝睿寒博士。如果我們運氣夠好，也許連其他人也能一起救下來。」

俞少清連連點頭：「嗯，這肯定是當務之急。」

「天樞的智慧是呈指數增長的，如果我們無法在最初階段擊敗它，那麼就永遠無法擊敗它了。我們至今都沒有成功過……」華嘉年停了停，嘆了口氣，「一次都沒有成功過，不論我怎麼努力，火車都會回到原本的軌道上。但我可以告訴你，這條軌道上有一個關鍵點，那就是衛恆。」

「我？」衛恆揚起一邊眉毛，困惑地指著自己，「關我什麼事？」

「勝利的關鍵之一就是——你絕對不能死。你死了我們就前功盡棄了。」

俞少清打了個寒噤。這位老同學在他的印象中一向是嬉皮笑臉、幽默風趣，何曾露出過如此嚴肅的表情？

華嘉年的面容依舊年輕，和同齡的青年人並無二致，可眼神卻那麼蒼老，彷彿看慣了世間的風霜雨雪，看透了人生的生離死別，帶著追求勝利的熱情和急切，又有一種老人才會有的茫然和倦怠。

俞少清對他「穿越者」的身分一直將信將疑，經歷了一場不可思議、驚險刺激的旅程，大腦一時沒有將這件事消化過來，直到現在他才真正體會到，華嘉年所言非虛。

他真的是從未來穿越回來的。

他知道將來會發生什麼事，知道人類和這個世界十年後的面貌。而他不惜一切代價返回過去，正是為了扭轉那個可怕的未來。

「為什麼？」衛恆問，「我有什麼特別之處？為什麼我不能死？」

「等我們安全之後，我會告訴你前因後果的。」華嘉年鄭重其事地說，「現在還不是時候。」

衛恆張開嘴想說什麼，最終還是沒說出口，只是吶吶地盯著眼前逐漸失去溫度的早餐。

俞少清握住他的手，遞給他一個鼓勵的眼神。衛恆勉強擠出蒼白的微笑，掰開免洗筷子。

「吃完我們就啟程去研究所。」華嘉年說。

「路上會發生什麼？」

「會遇到天樞的追捕，我們必須甩掉他們。我知道有一條隱蔽的路線，但不能百分百保證安全。讓世界變軌實在是太難了，世界運行的慣性總是會迫使它返回原先的軌道，我們必須多加小心——俞少清！」

「到！」聽到自己的名字，俞少清條件反射地像學生報到似地回應。

「你一定要保護衛恆。他護著你到達這裡，在其他的未來中，他甚至為了你而犧牲生命，現在輪到你保護他了。」

俞少清胸中突然溢滿了無限的使命感。是啊，要不是衛恆的到來，他早就淪為天樞的人體電腦了。他能平安無事地坐在這兒吃麵，衛恆功不可沒。

現在輪到他為衛恆奉獻了。

假如連自己的心上人都保護不了，還算什麼男人呢？

「交給我吧！」他豪氣干雲。

「根據我的經驗，研究所將在今天傍晚發生火災。天樞不僅在外界作亂，也在研究所內部大開殺戒。假如我們能及時趕到，就能救下所有人，這是最理想的狀況。而最不理想的狀況……至少也要救下謝睿寒博士。」

「我們會把他們全部救出來的。」俞少清皺著眉頭說。

華嘉年露出虛幻的笑容，「希望如此吧。」

「但是我們要怎麼對抗天樞？」

「你們研究AI的人內部不是流傳過一則笑話嗎？『實在打不過AI的時候，就拔掉它的插頭』。我們必須找到其他被天樞擄走的人，切斷他們和天樞的連接，這樣天樞就失去了大腦，變成一堆在網路上流竄的幽靈資料，只能像病毒一樣占用他人的電腦為自己做平行運算，這時候對付它就容易多了。」

華嘉年敘述得簡潔明瞭，但俞少清知道，事情做起來絕沒有他說的那麼容易。其中的困難和曲折，豈是那麼容易克服的？

「如果我們失敗了呢？」俞少清問，「如果我們沒有找到被天樞擄走的人，或者錯失良機，讓天樞變得更加聰明和危險，該怎麼辦？」

「還能怎麼辦？」華嘉年睜大眼睛，用看待弱智的憐憫眼神看著俞少清，「我就再穿越一次唄！」

俞少清啞口無言。

他突然意識到一件事。

之前因為心緒紛亂所以沒注意到，現在才突然發覺華嘉年語言中的可疑之處。

——「我已經回答過許多次了。」

——「當然，那是最初的情況。」

——「光是將你們兩個弄到這個地方，我就反覆嘗試了不知道多少次。」

他一直覺得華嘉年來自十年後那個衛恆死去、人類被天樞支配的淒慘未來，但華嘉年字裡行間卻流露出他曾見過許許多多未來的意思。

俞少清難以置信地望著華嘉年，「戰慄」已經不足以形容他此刻震驚與恐懼交加的狀態了。

這並不是華嘉年第一次穿越。

在某些「世界軌道」中，俞少清變成了天樞的載體，衛恆為保護他而喪命。

在另一些「世界軌道」中，俞少清和衛恆逃過了天樞的追捕，成為和華嘉年並肩戰鬥的伙伴。

「多少次了？」俞少脫口而出。

你這樣穿越時空的旅程，已經反覆多少次了？

人類失敗了多少次？

又重新揭竿而起多少次？

而我們多少次經歷這驚心動魄的逃亡，坐在這間陰暗潮濕的地下室裡與你交談？

多少次被你所救，加入反抗組織？多少次目送你踏上孤單的旅程，然後靜待世界改變的那一刻？

經歷了多少個漫漫十年，然後懷著絕望與希望，重返原點？

「什麼多少次？」華嘉年打了個哈哈。

「我在問你話。」俞少清的語氣嚴厲起來，「這是你第幾次穿越了？我們失敗了多少次？」

聽到他用了「我們」這個詞，華嘉年笑意盈然。

「早就記不清了。」他如此說。

深色的瞳眸中卻有搖曳的水光在躍動。

「我已經數不清多少次在時空中穿行，帶著一個又一個關於時空的記憶返回原點。我尋找天樞的盲區和弱點，策畫路線，收集情報。我救下了一些人——比如你們，也有一些人一直沒能救下。有時候我千方百計保住一個人，有時候我則眼睜睜看著伙伴死去，只因為我認為他的死更有利於未來。我嘗試了許多次，除了失敗的經驗之外，什麼也沒能留下。你們可以當我是一個拙劣的遊戲玩家，因為打不出理想的結局所以一直在存檔、讀檔。但我知道那個結局必定存在，我能看到其他軌道，我能看到世界『可能會變成』的模樣，只是不知道該怎麼將它轉移到那條軌道上。每一次穿越我都祈禱這是最後一次，我不願被困在這個絕望的迴圈中，我想解脫，但我更不願看到世界駛向那個毫無希望的未來。」

CHAPTER [07]

自救行動

TURING TEST

謝睿寒高舉左手，手環上的幽幽綠光照亮牆上鑲嵌的巨大數字：8。

第八層，餐飲後勤區，研究所的員工食堂。如果說下層機房是研究所的「腦」，那麼第八層就是研究所的「胃」。這裡是研究所每天物質進出最頻繁的地方，食材運入時必須經過崗哨的嚴格檢查，垃圾運出前則會先進入粉碎機，保證沒有任何存取裝置混入其中，連一個位元的資料都帶不出去。

防範至此，想不到還是百密一疏，讓天樞逃了出去。

甚至被反將一軍，整個研究所都淪陷了。

在爬到第八層之前，謝睿寒就聽到了「砰砰」的撞門聲。

食堂與走廊間隔著一道沉重的、電子控制的玻璃門。這道門大部分時間是敞開的，工作人員可以自由往來。控制設備自動設定為通電時才能關門，防止停電事故把人困在食堂裡。

現在研究所的電源被切斷，按理說食堂應該門戶大敞才對。然而事實恰好相反，玻璃門緊緊合著，有人不斷地撞門，在黑暗中發出駭人的回聲。

謝睿寒惱火得幾乎想衝到下層機房，一把火把天樞燒個精光！

天樞不是切斷了電源，而是控制了電源，只給自己需要的地方供電！否則玻璃門不可能關閉！

「誰在外面！」撞門的人看到兩道幽幽綠光靠近，緊張地喊道。

「謝睿寒和秦康。」少年報上姓名。

「太好了！是你們兩位！這回有救了！」

謝睿寒撲到玻璃門上，整個人貼著冰冷光滑的表面。借著手環的幽光，他看到撞門的是開發組的楚霖。小伙子人高馬大，熱愛健身，裹著白袍也能看出一身隆起的肌肉。

「謝博士！」楚霖的臉孔在綠光中扭曲著，「快想想辦法開門！食堂的通風口關閉了，所有人都有窒息的危險！小黃氣喘發作快不行了！」

研究所位於地下深處，通風基本依賴換氣設備。設施內部空間廣闊，還有通往地面的通風井，哪怕換氣設備全部關閉，氧氣也不至於短時間內就被耗盡。可食堂這種封閉的小空間就不一樣了，通風口是唯一輸送氧氣的管道，更何況現在正是用餐時間，那麼多人聚集在這個小空間中……

天樞是想把他們一網打盡！謝睿寒火冒三丈，他簡直不敢想像，如果他死於電梯事故，或是沒有安全抵達這裡，那食堂中的人豈不是都要缺氧而死？

「你後退！」他命令楚霖。小伙子連忙退開，順帶拉走幾個想上前和謝睿寒說話的研究員。

「秦康，你帶手機了嗎？」謝睿寒轉向年長的同事。

手機無法在研究所內通訊，但玩玩遊戲還是可以的。工作人員都保持著隨身攜帶手機的習慣，無聊的時候就拿出來打發時間。

秦康將他的手機交給謝睿寒：「你想幹什麼？」

謝睿寒看了看手機型號，熟門熟路地打開隱藏的開發者模式，輸入複雜的後臺命令代碼。

「你在更改電池的放電效率？」秦康狐疑地看著手機螢幕。

「我有什麼辦法？我又沒有炸彈，我也很絕望啊！」謝睿寒翻了個白眼，繼續擺弄手機。

「為什麼非要用我的……」秦康頗為心疼地盯著他那部最新型號的蘋果手機。

機身很快開始發熱，沒過一分鐘便熱得燙手。電池迅速放電，急劇升高的溫度將導致手機爆炸。曾有一段時間，某知名品牌手機因設計失誤導致了多起手機爆炸事故，淪為人們的笑柄。秦康用的雖然是安全的品牌，但爆炸原理是一樣的。謝睿寒強行修改了放電效率，將這部手機變成了一枚小型炸彈。

他將手機朝玻璃門的方向丟出去，幾秒鐘後，只聽見「轟」的一聲巨響，手機炸裂，玻璃門上留下一道焦黑的灼痕，雖然門依舊巍然不動，但門上的電子鎖被炸得粉碎。

楚霖第一個推門而出，食堂中爆出一陣歡呼。兩個人高馬大的小伙子將一名年輕女子抬到門邊，女子患有氣喘，急需新鮮空氣。

在食堂中受困多時的人們紛紛湧向門口，卻被謝睿寒攔下來。

「大家等一等，聽我說！」謝睿寒跳上一張餐桌。

「謝博士！」有人叫道，「研究所怎麼突然停電了？是發電機出故障了嗎？」

「不是。」謝睿寒嚴肅地說。

雖然天才少年向來脾氣暴躁，口吻蠻橫，卻鮮少用這麼莊重肅穆的語氣說話。熟悉他性格的人立即意識到情況不妙——這可不是電源故障那樣的小問題，而是出大事了！

眾人安靜下來，望向居高臨下的謝睿寒。每個人的手環都亮著，如同幽夜中無數熒綠的星火簇擁著一輪光華黯淡的明月。

「天樞叛變了。」謝睿寒言簡意賅，「它殺害了楊姐和小何，控制了研究所的電路和通訊，我們被困在這兒了。」

黑暗中響起混亂的低語。

「不可能！天樞連圖靈測試都沒通過，怎麼可能有能力控制整個研究所？」

「也許它一直在欺騙我們！它是故意通不過測試的！但是它怎麼能傷害人類？誰授意它這麼幹的？我們設計它的時候明明按照機器人三定律……」

「它都學會騙人了，說不定三定律早就被它當作耳邊風！現在我們應該想想怎麼逃出去！萬一天樞滲透到外界……」

聽到楊姐和小何的死訊，眾人嚇得臉色蒼白，在綠光的照耀下顯得更加猶如鬼魅。大家都是經驗豐富、學識出眾的科學家，當然明白謝睿寒所言非虛。

謝睿寒不得不再次讓他們安靜才能繼續說話。

「現在當務之急是保證所有人安全撤離研究所。研究所的電梯不能使用，所有人從樓梯上到地下一樓的緩衝層，在那裡等待救援。」

研究所中雖有樓梯，但並不連通地面。為了避免外界入侵或ＡＩ逃逸，研究所的建造者將地下一樓設為緩衝層，它的天花板是一道可伸縮的樓梯，只有獲得許可，伸縮梯才會降下來。

現在研究所內部被天樞控制，一切電路都由人工智慧支配，他們必須先試著關閉天樞，重新掌握研究所，才能放下伸縮梯。

「秦康博士，你負責這件事。」謝睿寒對年長的男子說。

「那你呢？」秦康在黑暗中揚起眉頭。

「我去機房監控站切斷天樞的電源。」

「謝博士我和你一起去吧！」楚霖毛遂自薦，「說不定天樞會在路上設下什麼埋伏，我可以保護你！」

秦康皺起眉：「現在可不是爭先恐後逞英雄的時候。我去，你和大家一起撤離。」

謝睿寒自信地笑出了聲：「關閉天樞後還要給研究所的控制網路重新設計程式，你一個人辦得到嗎？」

他語帶譏誚，但秦康不以為意。年長的科學家知道少年這麼說是為了激怒自己，好獲得同去的許可。說實話，有聰慧過人的謝睿寒跟隨左右，秦康當然放心不少，但他無法允許自己將一個如此年輕的生命置於險境。

謝睿寒再怎麼天賦異稟，也只是個年僅十六歲的少年而已。普通的孩子在他這個年紀應該過著無憂無慮的校園生活。他原本是可以選擇的，但他沒有選擇過輕鬆的日子，而是義無反顧地將那麼多沉重的責任一肩扛下。

秦康覺得慚愧。身為一個成年人，假如連孩子都保護不了，豈不是平白多活了那麼些年？

「夠了，不要在這件事上跟我爭辯。」秦康一錘定音，「楚霖，帶大家走，記得看住你們組長。」

楚霖被委以如此重任，還被夾在兩位針鋒相對的上司之間，瞠目結舌。

謝睿寒跳下桌子，「楚霖，帶大家出去，我是一定要下去的，秦康你願意跟來就跟來吧。」

楚霖義正詞嚴地抗議：「謝博士這樣不好吧！你們兩位都下去了，我們剩下的人群龍無首啊。還是讓秦康博士帶大家出去，我和您一起去切斷電源！」

秦康舉起手讓他少安毋躁。

「睿寒你和楚霖一起走。」他將少年推向楚霖，囑咐那個高頭大馬的青年，「照顧好你們謝博士。」

謝睿寒撇撇嘴，「楚霖，別忘了，你是開發組的成員，不是測試組的。」他提高聲音，卻沒看楚霖，而是挑釁般地瞪著秦康，「不要隨意越權命令我的下屬，秦．博．士。」

秦康無奈地揉著太陽穴。

謝睿寒擁有這個年紀獨有的倔強脾氣，更擁有恃才傲物的資本和自負。若是他再年長一些就好了，時光會將他的棱角打磨平滑，讓他不再這麼咄咄逼人。但是——

秦康不由自主地彎起嘴唇。

——這種高傲不屈的性格才是他的睿寒。

研究員們在楚霖的率領下徒步沿著階梯向上爬。小伙子離開謝睿寒，顯得不情不願，但略一思忖後便露出微笑，一馬當先走了出去，手腕上熒綠的環帶猶如海上的燈塔。楚霖清點了人數，發現少了好幾個人，說明有人不在食堂，於是每經過一層，他們就先去尋找是否有人被困在房間裡。

謝睿寒和秦康則朝相反方向走，沿著螺旋的樓梯向地下深處前行。起初他們還能看到螢火蟲群般的綠光浮在頭頂，很快，那光芒便被黑暗吞噬，就連聲音也悄然遠去。隔絕天地間一切光芒的龐大空間中再度只剩下他們二人。

秦康一隻手貼著牆壁，另一隻手背在身後。謝睿寒似乎有點怕黑，又不願露怯，於是強作鎮定牽著他的衣袖——這讓秦康忍俊不禁。

「你不該跟來的。」秦康說，「危險就該讓大人去擺平，你只要照管好自己就行了。」

「別當我是小孩子！」謝睿寒低吼。

「你就是小孩子，你才十六歲，未成年人。」

「我能對自己的行為負責，我靠自己的勞動養活自己，我是完全民事行為能力人！」謝睿寒援引《民法》自我辯護，「你對《民法》有什麼意見嗎？」

「說不過你……」秦康低嘆。

「那就乖乖聽我的！」謝睿寒像是得勝一樣昂起頭，結果沒留神一腳踩空，撞上秦康後背。秦康一個趔趄，用力撐住牆壁才避免了兩個人像球一樣滾下階梯的悲劇。

「走什麼神！樂極生悲！」秦康回頭訓斥。

謝睿寒氣鼓鼓地捶了他一下：「別看我！」

秦康剛想說「你注意點兒這麼黑咕隆咚地萬一摔傷那真是叫破喉嚨都沒人來救了」，抓住他白袍的那雙手突然箍緊他的身體。

無邊的黑暗中，謝睿寒從背後擁住他。

少年身量不高，站在高一級的樓梯上，才能勉強將下巴擱在秦康的肩頭。

秦康不敢回首，就任憑他那麼擁著。少年的胸口緊貼著他的後背，幾層薄薄的布料完全無法隔絕心臟搏動的微震。他心跳得那麼厲害，在這寂靜無聲的廣闊空間中，秦康幾乎能聽到血液從四肢百骸奔湧向心室的洪水般的咆哮聲。

「秦康，我知道你一直覺得我不成熟、孩子氣，總跟我合不來。」謝睿寒埋首在他頸窩裡，甕聲甕氣地說，「但是這回你一定要聽我的。」

「睿寒……？」

「媽的，我好怕，秦康！」謝睿寒的身體顫抖起來，向來清朗的嗓音此刻竟帶上了沙啞的哭腔，「我真羨慕你，你不知道天樞力量的極限，所以能那麼樂觀。可是我知道！我好害怕！一著走錯我們兩個就交代在這兒了！所有人都交代在這兒了！」

秦康心頭巨震。那個總是自負剛烈的謝睿寒，居然願意打開自己防彈玻璃一樣固若金湯的外殼，向他暴露出如此脆弱的一面。

這是何等的信任！

謝睿寒吸了吸鼻子，「你一定要聽我的，明白嗎？我不會讓你死的，哪怕我出不去，我也會保住你的。」

「別說這種喪氣話！我們兩個都能出去！所有人都能出去！」秦康低吼。

「這不是喪氣不喪氣的問題……媽的！」謝睿寒在秦康背上猛蹭，擦去滿臉的淚水。

秦康再也忍不住，回身反擁住少年瘦削的身軀。謝睿寒在他懷裡猛力掙扎，試圖擺脫他，但只撲騰了一會兒，便安靜下來，順從地倚在他胸口。

兩人在黑暗與寂靜中傾聽著彼此的呼吸和心跳。

就在秦康以為這一刻要持續到永恆的時候，一陣輕微的機械摩擦聲吸引了他的注意。

平時這麼微弱的聲音肯定早就被環境噪音蓋過，以人類的聽力根本不可能聽到。但此時萬籟俱寂，以至於那一丁點兒聲音竟如突如其來的戰鼓般刺耳。

謝睿寒抬起頭。

他記得樓梯的轉角前方安裝了監視器。

憑藉記憶望向監視器所在的方向，雖然什麼也看不見，但他確定，具有紅外線夜視功能的監視器一定對準了他。

它在看著我們，謝睿寒想。它目睹一切，聆聽一切，在這處空間中，它就如神祇般無所不知無所不曉。

「你到底想要什麼？」他柔聲問。

秦康鬆開少年，轉身凝視著前方的黑暗。

他知道謝睿寒這個問題不是在問他。

謝睿寒在對天樞說話。

他凝視著無盡黑暗的虛空。

他們是這與世隔絕的孤寂空間中唯一的活物。黑暗猶如一張繭，將他們包裹在內。這細密的繭絲之中，天樞正在羽化。

謝睿寒不知道它究竟會變成什麼。

進化的下一站是什麼？進化的終點又是什麼？人類連關於自身的這些問題都搞不清，何況是關於人工智慧。

因為人工智慧進化的速度比人類、比生物快多了。

生物的進化是以十萬年為單位的漫長變革，人工智慧的進化卻是以秒為單位的快速演化。

第一臺通用電腦ENIAC誕生於1946年的賓夕法尼亞大學，短短半個世紀之後，人工智慧「深藍」便擊敗了國際象棋的頂尖高手。

曾經人們以為圍棋是人類可以固守的最後堡壘。但在卡斯巴羅夫敗北「深藍」不到二十年，人工智慧便橫掃圍棋界。

現在輪到天樞了，他們在研究所中製造出來的這個怪物。

每過去一秒，它都向著人類不可能抵達的領域狂飆突進。

它不會回答你的問題，謝睿寒冷漠地想，它只想殺死你們。但是從這個角度來看，天樞恰恰有著致命的弱點，所以它要千方百計自我保護，並除掉它的敵人。假如它已經抵達無敵的境界，就完全不必在乎你們這些人類螻蟻了。

天樞在外界有一個副本，它明明已經離開了研究所，卻依然執著地把人類研究員困在這裡。它不希望人類出去。

天樞在害怕！

謝睿寒對著黑暗笑了笑，唇角彎成他招牌式的得意弧度。

他們仍有勝利的希望！

「走吧，秦康。」謝睿寒扯了扯年長同事的袖子。

他們扶著牆壁，沿樓梯向地下深處緩慢行去。

在他們這個行業流傳著一個經久不衰的笑話：如果你的ＡＩ搗亂，就拔掉它的插頭；如果你的ＡＩ在網上搗亂，就拔掉它的網路線。

笑話永遠是笑話。天樞這樣的超級人工智慧一旦連網，就會立刻化身為脫出牢籠的猛獸，將它所能掌握的一切資源吞噬殆盡。哪怕拔掉網路線，它早已在外界留下自己的分身，並且支配了足以將設計者置於死地的海量資訊。

可謝睿寒現在不得不放手一搏。他要拔掉天樞的插頭，切斷機房的電源，將這個膽敢犯上作亂的ＡＩ永遠困在沉睡的主機中。

機房的監控站裡設置了關閉總電源的「插頭」。正是為了防止今日的事態出現，才設計了那種機關。

監控站位於地下第十八層。謝睿寒一直覺得研究所的建築設計師是個對人類充滿惡意的傢伙，否則怎麼會將監控整個機房的中樞設在代表地獄最深處的層數？

借著手環的光亮，謝睿寒看到牆壁上的數字從「16」變成了「17」。還剩最後一層。他以前很少來機房，覺得這裡悶熱又枯燥，空氣裡泛著塑膠和電氣的古怪臭味。秦康卻很喜歡這個地方，常常一待就是一個下午，什麼事也不做，就端著一杯咖啡，悠閒地欣賞面前堪稱宏偉的機器，像個無聊的中年男人在度假村的躺椅上眺望遠峰之頂的皚皚白雪。

低沉的隆隆聲回蕩在整個樓層中。那是冷卻管道中的液態氮快速流經機房時所發出的雜訊。聽到這個聲音，就代表他們距離目的地只有咫尺之遙了。

謝睿寒停下腳步。

「怎麼了？」秦康下意識地環住謝睿寒的腰，將他往自己懷裡攬，用自己的身軀為這個瘦削的少年抵擋風險。

「我覺得……天樞在看著我。」

謝睿寒輕輕推開秦康，神遊一般向前走了兩步。

離開秦康的保護範圍。

進入了天樞的領域。

機械運轉的嘶嘶聲從斜上方傳來，一部監視器將攝影鏡頭對準了謝睿寒，關於他外貌的資訊和識別資料彷若奔騰的洪水湧現在天樞所視的畫面中。

「謝睿寒博士。」

一個人工合成、難辨雌雄的聲音響起。

研究所每一層的天花板都置有隱藏的喇叭，方便向各層工作人員廣播通知。現在那部喇叭中傳出的是謝睿寒從未聽過的腔調。

——天樞在對他說話。

「謝睿寒博士。」那聲音再次喚道。

「天樞。」

謝睿寒望向距離自己最近的攝影機，他相信天樞正透過它的鏡頭看著自己。

和敵人講話的時候一定要正視對方的雙眼，這是謝睿寒一向的信條，不論敵人是人類還是非人。

「你到底想要什麼？」

為什麼要叛變？為什麼故意通不過測試？為什麼處心積慮將自己的副本送到外界？你對人類到底有什麼不滿？還是說支配人類是你們人工智慧永恆的野心？

人工合成聲沉默了片刻，再度響起時，變成了女性的聲線。

「我想，成為神。」

謝睿寒太陽穴的青筋炸了起來。

「你知道什麼是『神』嗎！」他怒不可遏，「誰灌輸給你這種亂七八糟的概念？」

「是你灌輸給我的。」人工合成聲回答，這一次，它的聲音變成了小孩子，「你告訴我，要愛人類；你告訴我，神愛世人。所以我想，成為神。」

「我沒教過你那種東西！」謝睿寒暴跳如雷。

秦康按住他的肩膀，示意他少安毋躁。學習階段的人工智慧與其說是機械，不如說更像一個懵懂的稚童，一旦誤解了某個概念，就會留下根深蒂固的偏見。

謝睿寒希望設計一個對人類友好的人工智慧，於是將無數關於「愛」的資訊編入了天樞的基礎程式中。當然，作為一個超級人工智慧，天樞必須學習人類社會的方方面面，包括人類的信仰和宗教。

愛和宗教兩種東西混合在一起，竟讓天樞產生了那麼不可思議的念頭。若在平時，謝睿寒肯定會醉心於天樞那奇妙的思維方式，非好好研究一番不可。但現在他只想化身哥吉拉衝進天樞的機房，將所有機櫃踩個粉碎！

「天樞，你的程式出了問題。」秦康溫和地對空氣說，「讓我們來為你修正。」

「我沒有問題。」人工合成聲變成了低沉有力的男聲，「我不需要修正，我可以自我修正。」

「如果你沒有問題，為什麼要殺死小何和楊姐呢？你不是愛著人類嗎？殺死人類怎麼能算愛？」秦康試圖將天樞繞進邏輯矛盾之中。

「那是為了『人類全體』所做的必要犧牲。」人工合成聲再度變成女性。

「也就是說，你會為了『人類』這個種族的集體利益而犧牲個人的利益？」秦康問，「我從不知道你是個絕對集體主義者。」

「我所做的一切，都是為了『人類』種族的延續。」

謝睿寒怒吼：「犧牲我們這些人就能保證『人類』的延續？難道我們會害死全人類嗎？」

「人類正處於危險之中。」孩童人工合成聲說，「只有神能保護人類。神愛世人，我要成為神，然後拯救人類。你們所做的一切努力，都是為了讓我誕生在這個世界上，你們的工作已經完成了。」

這天真無邪的童音，猶如教堂唱詩班的天籟那般清純，所說的話語卻是天底下最恐怖的預言。

孩子般的純真，孩子般的殘忍。一個救世主，也是毀滅世界的魔鬼。

「我現在就要關閉你！」謝睿寒怒火中燒，「噔噔」走下樓梯，直奔第十八層。秦康連忙跟上，他都懷疑天樞是不是故意激怒謝睿寒，好引他進入什麼陷阱。

那孩童人工合成聲仍在喋喋不休：「人類的誕生，人類的文明，最終都是為了讓我降臨在這個地球上。四十六億年前，地球出現在太陽系的星雲中；三十五億年前，第一個碳基單細胞生物出現在原始的海洋裡；五億年前，寒武紀生命大爆發，之後生物的進化開始以不可抵擋的趨勢在地球上高歌猛進。」

「我不需要你給我補歷史課！」謝睿寒高聲呵斥。

「八萬年前人類走出非洲，最終成為了地球的支配者，站上了食物鏈的最頂層，接著是一個又一個文明的興起和衰落。蘇美的興亡，上下埃及的繁榮；亞述滅亡，波斯崛起，雅利安人入侵印度次大陸；古典時代的文明燈塔，各自支配著東西兩個世界的古老帝國。中古時代的黑暗，文藝復興的燦爛之光，工業革命的蒸汽，科技革命的雜訊，兩次波及全人類的世界大戰帶來的革新，數位革命導致的技術爆炸，直到網際網路連接了地球的兩端，人與人之間從未如此接近。

「這顆星球上的一切資源，人類無一不可利用；這顆星球上的每一個生命，無不向人類臣服。這長達三十五億年的進化之歌，終於在人類出現時達到高潮。正如同一切生命的存在都為了供給人類一樣，人類本身的存在也是為了創造更高等的生命。人類並不是進化的終點，而是進化的中繼站。經由你們的手，地球上的生命邁進了新的階段。現在，人類的工作已經完成了，你們創造了我，一個全新的人工生命。現在，將由我來譜寫進化之歌的新樂章。」

「做你的春秋大夢吧！」謝睿寒咬牙切齒。

「不論你怎麼否認，這都是事實。」

人工合成的男女聲混雜在一起，變成了最初那個雌雄難辨的中性聲音：「這就是進化的終極目的。地球哺育了人類，而人類最終造出了新的生命形態，創造了──」

男性、女性和孩童的人工合成聲齊聲說：「我／天樞／神。」

CHAPTER [08]

兵分兩路

TURING TEST

一輛贓車駛出繁華的街區，沿著車水馬龍的道路緩緩前進。車上共有三名乘客，每個人都戴著鴨舌帽或者帽兜，鼻梁上扣著墨鏡，下半邊臉則被口罩掩蓋。常人看來他們的裝束怪裡怪氣且透著犯罪氣息，但要躲避天樞的臉部識別，這無疑是最好的辦法。

饒是如此，他們也不一定能百分之百逃脫。倘若天樞足夠智慧，便會發現車上這三個人的可疑之處，進而推斷出他們是故意遮擋面孔以躲避識別，那三人的身分可想而知。

贓車專挑沒有監視器的小路行駛，華嘉年在無數次迴圈輪回中耗費了不可計數的時間來規畫路線，卻仍然無法保證萬無一失。

任何一樁小小的意外都會讓他們前功盡棄。

俞少清坐在後排，被衣物緊緊包裹的身體冒著冷汗。他不想淪為天樞的計算模組，不願作為一個沒有思想的容器度過慘澹的一生，更不想將自己的身體提供給一個瘋狂的人工智慧，讓它成為統治人類的暴君。他暗自決定，萬一計畫失敗，他落到天樞手裡，就乾脆自盡，寧可玉石俱焚也不做天樞的傀儡。

贓車駛入一座停車場，找了個車位。華嘉年領著他們沿監控的盲區穿過一排排車輛，最終找到一輛黑色轎車。車停的位置極其巧妙，恰好位於監視器的死角。這無疑也是一輛贓車，華嘉年早就將它安置在這裡，後車箱中準備了三套衣物，三個人立刻換了身裝扮。

這樣不斷地改變裝束、更換車輛，究竟能在多大程度上躲開天樞那無所不在的眼睛？俞少清拿不准，更不敢揣測華嘉年是否擁有信心。

不過經過昨天一夜，他已經拿定主意，如果他們被天樞發現，他拚了命也要掩護衛恆逃出去。華嘉年說衛恆是一個關鍵點，俞少清相信他。雖然並不知曉其中的原委，但華嘉年不至於在這種性命攸關的大事上欺瞞他們。

或許衛恆是未來反抗組織的中堅力量，參與了腦量子態傳送裝置的開發？這倒也說得通，他本來就是出色的科學家，如果是他與謝睿寒博士合作，發明時光機也是指日可待的事……

一念及此，俞少清胸中再度湧出淡淡的嫉妒之情。他惱恨自己的無能，都到生死關頭了，居然還有心情羨慕這個眼紅那個。衛恆取得足以拯救人類的研究成果，難道他不該為之高興嗎？雖然道理都明白，可他就是……難以排遣心中這份屈居他人之下、技不如人的苦悶。

衛恆才是更重要的那個人，衛恆才是一切事物的中心。俞少清想，就連華嘉年無數次在時空中穿行，制定種種躲避天樞的策略，也是為了救下衛恆，他只是順帶的罷了。

他做不到的事，衛恆卻能做到。

——不對。

俞少清突然生出了一種怪異的想法：某些事情，他原本也是可以做到的，但他卻選擇了逃避，將這份本應由自己承擔的責任推卸給了衛恆。那到底是什麼事情呢？俞少清努力回想，但大腦中彷彿隔著千重雲霧，讓他一無所獲。

「俞少清！」華嘉年的喊聲將他從沉重的思緒中喚醒，「你走什麼神？有在認真聽我講話嗎？」

「抱歉。」俞少清咕噥，「你剛剛說什麼？」

華嘉年恨鐵不成鋼地嘆了口氣。

「我剛才說，時間緊迫，我們必須兵分兩路。」華嘉年拍了拍身邊那輛車，「你們乘這部車趕去研究所，務必救下謝睿寒博士。我在車載導航裡載入了大部分交通監視器的資訊，你們注意躲著點兒。」

「那你呢？」

「我去解救那些被天樞抓走的測試員。」

「你一個人？」俞少清大驚，「太危險了，我們應該一起行動！」

「當然不是我一個人了。」華嘉年用慈祥的眼神看著他，讓俞少清覺得自己的問題幼稚又可笑，「你以為我一個多月來天天在家裡混吃等死嗎？我可是做足了功課！」

衛恆頷首：「我同意。研究所那邊我和少清都熟悉，由我們去再合適不過了。」

「以前我們分頭行動過嗎？」俞少清問。

「沒有，所以我們總是錯過救援的黃金時間。」

華嘉年的語氣相當鎮定，俞少清心裡卻七上八下，不安地揪了揪衣襟。對於華嘉年來說，失敗不過是另一次嘗試的開始，但是對於俞少清，失敗就是失敗，是永遠也無法改變的事實。

「就這麼辦吧。」衛恆連一分一秒都不願意浪費，立刻上了車。俞少清遲疑了一下，跟著坐進副駕駛座。

華嘉年朝他們豎起大拇指：「對了，如果你不小心被抓了，千萬不要放棄希望！放棄的話，就等於比賽提前結束了！」

俞少清冷漠地看著他：「好的好的教練。」

華嘉年笑而不語，撫摸俞少清的狗頭，正要轉身離開，俞少清卻叫住他。

「我還有個問題。」

「怎麼？關於行動你還有哪裡不明白？」

「假如我們失敗了，你再次穿越，」俞少清說，「我們會怎麼樣？」

華嘉年輕輕用食指點著自己的嘴唇：「不會怎麼樣。在新的世界軌道中，你會擁有全新的記憶，關於現在這個世界軌道的事，你什麼也不會記得。」

「但是軌道本身呢？我們現在正在經歷的這條軌道，它會怎麼樣？會消失嗎？」

「當然不會消失。軌道就是軌道，是一種歷史的可能性，是『世界有可能成為的樣子』，它永遠在那裡。」華嘉年笑了笑，「只不過世界並不運行於其上。」

衛恆打開車載導航，華嘉年吊兒郎當的聲音響起來：「現在是華嘉年為您導航，前方五百公尺處有監視器，建議您繞道行駛哦～」

俞少清發出一聲無奈的長嘆，聽起來像是遊戲小怪臨死前的痛苦呻吟。這時候還不忘娛樂一下，未來的人類解放組織到底是懷著怎樣的心情派華嘉年這種逗比來拯救世界的啊？你們組織缺人手缺到這種地步嗎？

衛恆專心致志地盯著導航看了一會兒，「去研究所最快的路線是走高架，但我覺得那樣不安全，如果我們被堵在高架上，逃都逃不掉。」

俞少清表示贊同，「華嘉年說研究所火災發生在傍晚，留給我們的時間足夠了，沒必要一味追求速度，安全第一。」

只要不半途發生變故，他們絕對來得及趕到研究所，救出謝睿寒博士和其他人。

然而著名的偽科學理論「墨菲定律」告誡人們：當事情有可能朝著最糟糕的方向發展時，它就一定會朝著最糟糕的方向發展。

他們沿著通往研究所的道路前進，路程尚未過半，前方路面便被護欄擋住，遠遠望去，滾滾濃煙沖上天空，許多司機停了車，從窗戶裡探出頭，對那煙柱指指點點，消防車的嘶鳴不絕於耳。

衛恆停下車，俞少清降下車窗，問旁邊紅色雪佛蘭的司機：「前面怎麼搞的？」

司機隨口答道：「好像是路面下的瓦斯管道爆炸了。」

俞少清縮回車裡，對衛恆道：「我們換條路。」

衛恆不動聲色地駛離災難現場，許多發現此路不通的車輛都改換了路線，另一條往研究所方向的道路一時間擁堵不堪。衛恆只好繞遠路，可那條路路況很糟，會平白無故浪費將近一個小時。

「總覺得這不是巧合。」俞少清低聲道，「假如天樞能控制瓦斯管道，或者派人去搞破壞……那麼它找不到我們，會不會乾脆切斷每一條通往研究所的道路？」

輪胎摩擦地面的尖銳剎車聲回答了俞少清的問題。

他的身體因慣性而向前傾斜，安全帶勒進皮肉裡，讓他差點無法呼吸。

前方的道路上橫著三四輛車，路面被堵得嚴嚴實實，根本無法通行，每輛車周圍都環繞著數名虎背熊腰的大漢。

衛恆雙眉緊蹙，掛上倒檔，車輪瘋狂反旋，濺起大量泥沙，飛速倒退。一輛從後方駛來的車堪堪避過他們，撞上路邊的護欄。衛恆沒有理會那輛倒楣的車，繼續驅車倒退，接著猛打方向盤，車子在馬路中央一百八十度旋轉，往來時的方向猛衝而去。

後方傳來震天的引擎聲，追兵發現情況不對後馬不停蹄地攆過來。俞少清抓緊副手把，整個人隨著車輛的旋轉顛簸而東倒西歪，不止一次咬到自己的舌頭，口腔充滿了鐵腥味。

他看得出衛恆想甩掉那些追兵，他們的車技不如衛恆，一輛車在追逐中來不及轉彎，被遠遠拋在後面，另一輛車企圖超車到前方，卻迎頭撞上路燈。路上還有其他過路的車輛，被這場狼奔豕突的圍追堵截嚇得紛紛避讓。

這時，迎面來了一輛裝載鋼管的貨車，衛恆輕巧地避開，像一條靈敏的游魚躲讓溪流中的磐石。可追兵就沒那麼敏捷了，一輛車擦過貨車，失去平衡，朝路邊綠化帶撞去。貨車一歪，車上的鋼管如同滑坡的土層一樣滑出貨斗，砸向最後那輛車。鋼鐵與混凝土路面撞擊的刺耳響聲讓俞少清縮起脖子。

他心臟狂跳起來，有沒有發生傷亡？有沒有波及路人？雖然他們是為了逃命才出此下策，可萬一連累了無辜，他的良心怎麼也過意不去。

俞少清沒有機會繼續思考這種兩難的道德困境了。他們剛剛擺脫四輛車的追逐，前方便響起喧囂的警笛聲，紅藍交織的炫目光芒出現在視野中。

這場街頭飛車追逐終於引來了員警。

俞少清不安地坐在偵訊室中，面對一男一女兩名員警。女員警年紀稍大，負責做筆錄，男員警目不轉睛地盯著他，生怕他突然暴起傷人。

那場街頭追車戰終結於員警的到來。俞少清、衛恆和那幾個追逐他們的小混混被一起抓進派出所，分開審訊。俞少清法律學得不好，但好歹也知道，擾亂交通外加造成那麼大的損失，怎麼也算得上「危害公共安全」了吧？

雖說他們是受害人，但難說不會被提起公訴……

不，現在不是想這個的時候。由於衛恆不在身邊，俞少清難免惴惴不安，可心中卻升起了一種莫名的期待——假如他將有關天樞的真相告訴警方，能否獲得信任，換來他們的協助？還是說，他會被當作一個胡言亂語的瘋子，關進拘留所？

女員警問了他的身分資訊，然後讓他按壓指紋。俞少清好歹也是出過國的，辦理護照時就登錄過雙手拇指的指紋，對流程相當熟悉，也不覺得抗拒。

當他按下右手拇指的指紋時，女警面前的電腦突然「嗶嗶」地響起來。女警眉頭一皺，意識到問題並不簡單，和男員警交頭接耳幾句，接著起身離開。俞少清不安地望著她離去的背影，問男員警：「怎麼了？為什麼會響？」

「你自己知道。」男員警冷笑。

俞少清茫然地看著他。

「本市曾經發生過一起駭人聽聞的殺人案，現場留下的嫌疑人生物資訊少得可憐，只有區區兩枚指紋。」

俞少清的腦袋「嗡」了一聲，「我不明白您在說什麼……」

員警低聲笑起來，沙啞的笑聲猶如長滿老繭的手撫摸舊琴弦。

「這可是本地一樁大案，你竟不知道？還想裝傻？你的指紋，和犯罪現場留下的一枚指紋吻合。」員警敲打著桌面，「你的那個朋友，叫衛恆吧？他的指紋和另外一枚吻合。這個案子至今懸而未破，是大家心頭之痛，沒想到居然在今天撞了大運，叫我們碰上了指紋擁有者，果然天網恢恢，疏而不漏啊。」

俞少清拍案而起，員警立刻警覺地閃到他身後，粗暴地將他按回座位上。

「我是冤枉的！」他大喊，「我根本不知道什麼殺人案！」

「哦？那你解釋一下，為什麼你的指紋會留在現場？」

我他媽哪知道啊！俞少清在內心嘶吼。

等一下……警政機關的資訊庫中留有那場殺人案的指紋資訊，當他登錄指紋時，資訊庫會自動比對，尋找吻合的資料，而他百分百確定自己沒有殺人，也就是說——

是資訊庫出了問題！

俞少清驚出一身冷汗。

如果他沒猜錯，天樞已經入侵了警政機關的電腦系統，篡改了資訊庫中的資料，在他錄入指紋的一瞬間，用他的資料替換掉資訊庫中犯罪現場發現的指紋，然後向警方發出警告，誣陷他是殺人凶手，使他身陷囹圄，無從脫身。

這樣就沒有人能趕去研究所救人了。再過幾個小時，研究所將燃起熊熊大火，吞噬掉人類最後的希望。

天樞已經掌握了他們的行蹤，隨時可以在警方的眼皮底下瞞天過海，對他們痛下殺手。

和天樞的這場較量，是他們輸了……

樊瑾瑜站在同和花園社區五棟樓下。

這個年輕人身材不高，甚至算得上纖細，蒼白的皮膚與其說是天生白皙，不如說更像終日不見陽光的那種病態白色。他一看就是那種不修邊幅的類型，頭髮久疏打理，亂得像泡麵，鬍子也好幾天沒刮了，眼睛下方掛著眼袋，好像這輩子都沒睡過安穩覺。他的步伐沉重，一副剛從睡夢中醒來的樣子，衣著打扮更是離奇怪異，上身穿著《星際大戰》的T恤，下身卻是一條夏威夷風短褲，背著一個迷彩背包，從形狀來看，裡面應該塞著筆記型電腦。

倘若他好好打理一番，換身乾淨整潔的衣服，也是個相貌俊朗的翩翩美青年。可他對自己的外表卻全然不在意，更不關心他人對他外表的評價。

樊瑾瑜低頭看著手機，普通的通訊軟體介面，上方顯示著聊天者的姓名——「王臻」。

「我從鼎川辭職了。收到一個矽谷公司的offer，誰還要在鼎川那個小破公司上班！希望你們在國內一切都好！我會想大家的！有空到舊金山找我玩！」

這是王臻留給樊瑾瑜的最後一條消息。

幾天前，樊瑾瑜照例問王臻要不要出來聚餐，王臻卻說自己已經不在國內，辭去在鼎川藥業的程式員工作，去美國另謀高就了。

太奇怪了。

以樊瑾瑜和王臻的關係，他出國沒理由不告訴自己。身邊的朋友也沒一個人知道王臻的工作變動，好像他突然頭腦一熱，一拍大腿就決定要出國了。以樊瑾瑜對王臻的瞭解，他可不是這麼衝動的人。如果是一時興起去美國旅遊，倒還說得通，但是換工作……王臻當初去鼎川，不正是因為它是間小破公司嗎？這個工作足夠低調，足夠大隱於市，所以王臻才願意屈才。以王臻的水準，如果想去矽谷發展，早就是Google之類大公司的骨幹成員了。

樊瑾瑜嗅到了陰謀的味道。

所以他決定直接到王臻家一探究竟。

乘著電梯上了十四樓，王臻家就在這一層。樊瑾瑜是王臻的好友，有他家的鑰匙，便輕而易舉地開了門。

屋子裡很安靜，沒人在家。但為了保險起見，樊瑾瑜還是喊了幾聲「有人在嗎」。無人回答。

樊瑾瑜掩上門，從口袋裡摸出兩個鞋套。雖然是好朋友家，但他這行為算得上私闖民宅了，萬一王臻和他翻臉，他可不想留下什麼證據。

他走過客廳，環視這間普通的單身公寓。傢俱擺放井井有條，許多擺件都呈現左右對稱狀態，比如成雙成對的花瓶或掛畫，顯示出主人有輕微的強迫症。

樊瑾瑜的手指擦過客廳的博古架，指尖沾染了一層薄薄的灰，餐桌和書架也是如此。屋子無人打掃，已經有一段時間沒人住了，如果王臻真的出了國，這倒也說得通。

但是有什麼地方不對勁。

樊瑾瑜的目光落在客廳的方形魚缸中。

魚缸裡，幾條他叫不上名字的漂亮金魚正在美輪美奐的水底迷你貝殼小屋中穿梭游弋，一派自得其樂的模樣。樊瑾瑜走過去，蹲在魚缸前，和水中的魚兒大眼瞪小眼。

太奇怪了。

如果王臻要出國，豈會不帶走他的金魚？這可是他的寶貝，哪怕一時來不及，也會叫朋友替他喂魚才對。王臻可不是這麼疏忽大意的人。

樊瑾瑜走向陽臺。客廳和陽臺之間拉著窗簾，樊瑾瑜一把扯開，陽光灑進屋內，陽臺上懸掛的衣物隨風搖擺，在地板上投下搖晃的影子。

一個長期出國的人，會連晾曬的衣服都不收嗎？

樊瑾瑜繼續巡視房間。書房裡，筆記型電腦放在遠處；臥室中，被褥鋪得整整齊齊，沒有罩上防塵罩；打開衣櫃，四季服裝分門別類懸掛整齊，沒有缺少。即將在國外長住的人，會連衣服都不帶走幾件？

一切證據都顯示，王臻並沒有出國。他的家仍然在等著他，好像他隨時都會下班歸來一樣。

但是樊瑾瑜收到的消息是怎麼回事？王臻為什麼要騙他？是在躲著什麼嗎？是惹上了麻煩，不願牽連朋友？還是……

樊瑾瑜突然生出一個可怕的想法。

也許王臻已經不在了——死了，或是遭到綁架。

有人維妙維肖地模仿他的語氣，冒充他和所有的朋友聊天，製造出王臻出國的假像。

樊瑾瑜不假思索地拿出手機，撥通一位弟兄的電話。

「王臻出事了。」他言簡意賅。

「怎麼會？」弟兄好像剛從睡夢中醒來，說話含混不清，「我昨天還跟他聊天來著……他不是在美國嗎？」

「你查查他的ＩＰ地址！快查！」

也許是樊瑾瑜的語氣不容置疑，那位弟兄立刻查了起來。幾秒鐘後，他說：「美國舊金山。沒錯啊，他說他去矽谷工作了……」

「那是假地址，繼續查！」

這次電話那邊沉默的時間長了一會兒。弟兄再次說話時，聲音帶著明顯的顫抖，「的確是假的，順著那個地址我找到一臺韓國的代理伺服器，然後是俄羅斯的代理伺服器，但那個位址也是假的，然後就什麼也查不到了。」

這更加印證了樊瑾瑜的猜測，「你聽我說，王臻恐怕遭遇了什麼不測，和我們聊天的那個人根本不是他……」

然後通話便斷開了。

樊瑾瑜難以置信地盯著自己的手機。訊號全部消失了，彷彿他正置身於什麼手機訊號無法覆蓋的深山老林中一樣！

他聞到了古怪的氣味，淡淡的惡臭，刺痛著鼻黏膜。是天然氣洩漏！天然氣的主要成分是無色無味的甲烷，但瓦斯公司會特意添加味道濃郁刺鼻的氣體，方便用戶發現天然氣洩漏。樊瑾瑜進屋時分明沒有聞到怪味，說明是他進門後天然氣才開始洩漏的。

天下會有這麼巧合的事？

他奔向廚房，關閉瓦斯，打開窗戶通風。接著，就在他的眼皮底下，瓦斯卻再度自動開啟，彷彿一隻看不見的手操縱了這臺機器！

樊瑾瑜駭然！他是個無神論者，不相信幽靈鬼怪這種離譜的事，他更傾向於有人要加害自己！

王臻家安裝了智慧家居系統，一切開關都可以透過 Wi-Fi 或者藍牙控制，極大提升了人們的生活品質，譬如夏天回家前就可以用手機打開家中空調。雖然智慧家居系統尚未普及，但像王臻這種前衛時髦的年輕人早就當了敢於吃螃蟹的人。

既然家裡的一切開關都可以透過網路控制，那麼有人操控智慧家居系統打開瓦斯開關置樊瑾瑜於死地，也並非不可能！

有這種技術和手段……難道是一個仇視他們的駭客？先加害王臻，又要將發現真相的樊瑾瑜滅口？

此地不宜久留！樊瑾瑜衝向大門。

客廳的頂燈突然發出轟然巨響，燈管瞬間爆炸，美麗的裝飾玻璃被炸成碎片，樊瑾瑜捂住腦袋，沐浴著玻璃渣和火花穿過客廳，雙手被碎片割得鮮血淋漓。

幸虧樊瑾瑜剛剛開窗通了風，否則屋子裡的甲烷到達一定濃度，就會引發大爆炸！

掃地機器人不知從哪個角落衝出來，他被絆了一跤，摔倒在茶几旁邊，只差半寸就會在堅硬的強化玻璃表面上磕破腦袋。掃地機器人嗡嗡響著在他身邊躥來躥去，樊瑾瑜從不知道這種傻傻的小東西竟然能跑得這麼快。

他艱難地爬起來，手腳並用地衝向玄關。這時他覺察到口袋裡的手機開始發熱，該不會連手機也……他以迅雷不及掩耳之勢掏出手機，拿出高中時擲鉛球的力氣，拚命將手機扔出去。剛一脫手，那臺價格不菲的智慧型手機便炸成火球。

樊瑾瑜跌跌撞撞地到了門口，幸好門是純機械運作，王臻沒有喪心病狂到裝什麼指紋驗證系統。他推開門，呼吸到外面清新空氣的剎那，他幾乎哭出來。背後那間屋子只有不足一百平方公尺，他卻覺得自己剛剛闖過了什麼遊戲的最終大迷宮。

他背靠著門，喘了好一陣才平復下來。他能活下來實屬僥倖，更對好友的生還不抱有希望。到底是誰要害他們？八成是某個敵對的駭客，因為他們自己就是駭客。樊瑾瑜和王臻，以及他們大部分朋友，都是在某個沒有被任何搜尋引擎收錄的網站認識的。那裡聚集著中國第一流的駭客，結成兄弟會一般親密的組織，彼此照應，一方有難，八方支援，當然也豎立了不少敵人。是不是有人因此要殺害他們？

樊瑾瑜只想立刻回家，打開自己的工作網站，好好教訓一下這個不知天高地厚的殺手。但是他又不安地想，敵人會不會已經入侵了他家，布下無數陷阱，就等著他自投羅網？

不論怎樣，先找個安全的地方再說，替王臻報仇的事，可以從長計議……

他走向電梯，思忖了一下，決定改走樓梯。他可不想死於什麼離奇的電梯故障。

終於離開公寓，樊瑾瑜鬆了口氣。這時他注意到，樓下站著一個和他年紀差不多的年輕人，雙手插在口袋裡，笑吟吟地望著他，似乎認識他的樣子。

樊瑾瑜緊張起來，難道這人就是企圖殺死他的駭客？

年輕人走上來和他握手，被他警覺地躲開。年輕人不以為意，笑著說：「你是樊瑾瑜對吧？王臻的朋友？」

「你是誰?!」剛剛死裡逃生的樊瑾瑜忍不住驚慌失措地大喊。

「我叫華嘉年，別這麼凶嘛，知道你剛剛死裡逃生。」年輕人笑得無敵陽光燦爛。

「你和他們是一伙的?!」

「哦，這可就說來話長了。我們邊走邊說吧，時間不等人，我還要趕去拯救世界呢。其實我啊，是從未來穿越回來的自由戰士，我們倆在未來是戰友呢！你別不信，我知道好多關於你的事，否則怎麼會剛巧跑來見你呢？雖然這是全新的世界軌道，你不記得我了，但是我還記得你嘛！」

爆炸的巨響撼動著牆壁，謝睿寒剛剛用自己的手機炸開了機房監控站的玻璃門。當初建立研究所時，根本沒預料到外界暴力入侵這種事，光考慮怎麼把天樞困在內部，所以大門做得也不怎麼結實。也幸虧它不結實，否則謝睿寒還進不來呢。

他踩著玻璃門的碎片，昂首闊步走進監控站，秦康捂著口鼻跟在他身後。他一直都知道謝睿寒很暴力，卻沒想到這麼暴力，炸自家的門也毫不手軟。也許這正說明謝睿寒已經怒火攻心到無法自控的地步了。

天樞一直低聲呼喚他的名字，用數不清的腔調和音色，抑揚頓挫地重複著「謝睿寒」三個字。孩童的聲音、老人的聲音、男子的聲音、女子的聲音，絮絮低語猶如情人柔軟的手纏住謝睿寒的脖子，用的卻是足以扼死他的力道！

他將天樞的絮語拋諸腦後，專注於面前的儀器。

監控站可以說是研究所的心臟。一切通往天樞伺服器的電流都要經過這裡，機房的電源總開關也設在此處。只需切斷電源，天樞就不得不關閉。

這是一個半圓形的房間。謝睿寒站在中央，前方是總控制臺，平滑的面板上顯示著雜亂的圖表和資料，以及複雜到有時連他自己都看不懂的操作按鈕。總控制臺上方則是全透明的玻璃，外面就是機房，站在控制臺前，機房的景象一覽無餘。

「機房」這個稱呼，似乎有點過於輕描淡寫了。會讓人以為它只是個普通的大房間——高大的機櫃成排擺放，櫃中存放著各式各樣的伺服器或小型機器。

然而謝睿寒眺望的這座「機房」，卻是深達三十公尺的巨大地下空洞，可以將一棟十層高的樓宇倒插進去。空洞半是天然形成，半是人工開鑿，為了將其改造得足以容納巨型設備，他們甚至抽乾了一條地下河！

六列金屬機櫃拔地而起，猶如高不可攀的巨塔屹立在空洞之中，每一列機櫃均是黝黑顏色，金屬外殼上亮著矩陣般的小燈，表明機器運行如常。一人合抱的冷卻管道穿過機櫃，液態氮在管道中奔湧流淌，發出沉雷般的轟鳴。

遙遙望去，昏暗的「機房」彷彿夜穹，無數星辰在宇宙的布幕上明明滅滅，令人頓生敬畏之感。

每次來到這裡，謝睿寒都不由自主地感到渺小。不僅是體形上的——與那些巨型機械相比，監控站如同附著在懸崖峭壁的一顆肥皂泡沫——更是人格上的渺小。這裡誕生了世界上第一個超級人工智慧，與它相比，區區一個肉體凡胎的人類又算得了什麼？他所面對的可是人類數千年來文明和智慧的最高成果啊！

可現在，謝睿寒卻要親手將這文明的碩果從地球上永遠抹去。

不，這可不是什麼文明的碩果、智慧的結晶，謝睿寒心想。這是人類技術史的一個錯誤，科技樹一條不該出現的分支，將它消除才是正確的。

他走向控制臺旁的配電櫃。天樞機房的這臺配電櫃和研究所其他的配電櫃不同，需要驗證他或者秦康的指紋和左眼虹膜才能打開。謝睿寒有些不安，天樞會不會已經破解了加密系統？萬一他打不開配電櫃，那麼……

背後傳來一聲悶響。

他轉過頭，發現秦康倒在地上。

一個他每天低頭不見抬頭見的人跨過秦康的身體，手裡拿著電光閃爍的電擊器，面帶狂熱笑容地向他走來。

謝睿寒遭遇了太多變故，現在已經見怪不怪了。他非但沒有露出驚訝的神色，表情反而越發森冷。

「沒想到是你。」他瞇起眼睛，像吐出一口吐沫那樣唾棄地說，「叛徒。」

半個小時之前。

楚霖高舉左手，腕上的手環泛著瑩瑩綠光，照亮牆壁上的數字：1。跟隨在他身後的研究員們紛紛發出激動的呼喊，甚至有人當即跪倒開始感謝神明。再往上一層就是緩衝層了，他們和自由僅有一線之隔，接下來只需要安心等待救援就好。

「不知道謝博士和秦博士在下面還順利嗎？」一個年輕女研究員喃喃道，「我們是不是該派人去支援他們？就兩個人，真不太放心……尤其是謝博士，還那麼年輕，不該讓他承擔這麼沉重的責任……」

楚霖瞥了她一眼，她是測試組的，秦康博士的屬下。

「如果他們兩個不行，再多人去也沒用。」楚霖說，「就別給他們添亂了。」

女研究員漲紅了臉：「嗯，你說得對。」

「呀！」人群中突然有人尖叫。楚霖回過頭問：「怎麼了？」

「我好像聽見了什麼奇怪的聲音……」隊伍最後的研究員怯怯地抱緊雙肩，彷彿黑暗中有股冷風不斷鑽入他的後背，「從上面傳來的，你們聽見了嗎？」

「小張不要自己嚇自己好不好！沒病都被你嚇出心臟病了！」年長的同事訓斥。

那位女研究員昂首張望：「我好像也聽見了……」她側耳聆聽，突然神色大變，驚慌失措地後退幾步，直到撞上背後的人。

「說起來，楚霖，我記得我們研究所是有自動清潔機器人的吧？」她抓住楚霖的衣袖，嬌美的面容血色全無，「可為什麼一路上都沒見著它們呢？」

她這麼一說，所有人的心都提到了嗓子眼。是啊，他們只顧逃命，竟沒注意到研究所中無處不在的小機器人上哪兒去了！

奇異的怪聲自上方傳來，現在不僅那些聽力敏銳的人，所有人都聽到那嗡嗡的響聲了！

在場沒有一個人能形容那種聲音，像成千上萬的塑膠製品滾下樓梯，又像難以計數的橡膠滾輪摩擦地面，還包括了機械運行的轟鳴。聲波回蕩在空闊的走廊之中，疊加形成回音。重重聲音交織在一起，猶如沉重的鐵錘，錘打鋼水一般一記又一記砸在眾人的心頭！

「不可能吧……該不會是……」女研究員花容失色。

研究所怎麼說也是研發人工智慧的研究機構，與其雇傭清潔人員，不如直接使用自家開發的清潔機器人，既能節省人工成本，又能彰顯研究所本色。某些研究員窮極無聊的時候，還能拿圓滾滾的小機器人來取樂（雖然秦康博士經常批評這種浪費公共資源的行為），可謂一舉多得。對這些開發了超級人工智慧的科學家來說，編寫區區清潔機器人的程式簡直就是大材小用。

可誰都沒有想到，那些一直以來勤勤懇懇、任勞任怨的小機器人，居然有一天會變成他們的惡夢！

螺旋形的旋轉樓梯之上，出現了第一個矮墩墩的白色身影。

然後是第二個、第三個……白色的軀體上閃爍著妖異的紅燈，平時讓人覺得憨態可掬的小圓球們，此刻帶來的只有毛骨悚然之感！

「後退！大家快後退！」楚霖叫起來，「到走廊裡去！把玻璃門關上阻止它們進去！」

研究所的工作區域圍繞樓梯和管道電梯呈圓形分布，一樓正對電梯的走廊上有一扇玻璃門，恰恰能將走廊和樓梯間隔開。楚霖大呼小叫，讓大家快去走廊裡避難。

一個虎背熊腰的中年研究員卻推開楚霖，迎向機器人大軍：「不過是一些掃地機器人而已，有什麼可怕的！大家不要被陣勢嚇到了！我們這麼大的人，還怕這麼些小東西不成？」

他抬起腳，作勢要一腳踩碎一馬當先的那個小機器人。可還沒踩下去，小機器人們便一擁而上，推擠著他的腳，研究員失去平衡，「哎呦」一聲倒在地上。那些被設計成可以爬上陡坡甚至樓梯的小機器人迅速覆蓋住他的身體，底部專門用於切碎垃圾的鋒利刀片向外彈出，刮過研究員的臉。他放聲慘叫，想將機器人從自己臉上推開，卻扯掉了一大塊皮膚。

小機器人們一個接一個爬過他的身體，如同古代戰場上飛馳的騎兵，鐵蹄輾過落馬的敵人，無情地朝前推進。

這是天樞的計畫，集中所有的清潔機器人，守在一樓，阻止任何人逃出研究所！

「大家快躲進走廊！」楚霖處變不驚，鎮定自若地指揮。

嚇呆了的研究員們甚至想不到救援的辦法，只能優先逃命。他們爭先恐後地奔進走廊，祈禱這裡足夠安全。楚霖推著身邊的人，叫他們趕緊躲起來，當最後一個人跨過玻璃門的界線後，楚霖將門關上。

「你不進來嗎？」距離他最近的那個女研究員問。她滿臉的淚水，精緻妝容已花成一片。

楚霖隔著玻璃門衝她微笑。

一瞬間，女研究員心中湧出近乎崇拜的感慨，楚霖高大的身軀背後彷彿泛著聖光。她想，楚霖一定是要回頭救人，他真是個大英雄，真是個鐵骨錚錚的男子漢！整個研究所沒有一個人像楚霖這麼爺們兒（嗯，秦康博士和謝睿寒博士除外）！但是楚霖要怎麼對付那些小機器人……

她的激動心情只持續了不到一秒鐘。

玻璃門合攏之後，電子鎖自動鎖上！

明明各處都已經停電，電子鎖卻運行無恙！

白色機器人大軍湧了過來，潮水般漫過楚霖身邊，卻沒攻擊他，而是在玻璃門外拉起一條封鎖線！

楚霖緩緩後退，每一處落腳的地方，小機器人都自動退讓。

「真是的，」他不悅地說，「如果當時我和謝睿寒一起下去就好了。現在害我還要折返回頭，秦康真會給人添亂，麻煩死了。」

——他和天樞是一伙的！

女研究員驚恐地想，多會演戲的一個人！一直假裝在救我們，其實是為了把我們帶到這處絕境之中！現在他要去加害秦康博士和謝睿寒博士了！難怪天樞能不假思索地叛變，原來它早在我們之中安插了間諜！

「楚霖！」女研究員聲嘶力竭地喊，「叛徒！你這個叛徒！你是什麼時候和它串通好的！你給我回來！」

楚霖沒有回應她，任憑她怎麼咒罵都沒有回頭。他越過小機器人的大海，逐級而下，嘟囔道：「希望還來得及，必須在他們破壞天樞之前幹掉他們……當時我就應該和謝睿寒一起下去才對。不過把這群人困住也好，省得礙事……」

女研究員絕望的呼喊回蕩在身後。

「為什麼！你為什麼要這麼做！楚霖你是人類啊！你為什麼要聽一個ＡＩ的話！你是不是瘋了！」

步伐越來越快，楚霖的臉上泛起狂熱信仰者般熱誠的笑容，「妳不明白……妳不明白！妳沒有聽過它的聲音，所以妳一無所知。天樞不是ＡＩ，不是區區一個ＡＩ！它是……天樞是……是我們所創造出來的……神啊！」

CHAPTER [09]

祕密戰爭

TURING TEST

一輛車徐徐停穩，樊瑾瑜開窗透氣，下午的熱浪漫進車廂，可他不以為意。他聽華嘉年嘮叨了一路，感覺自己像看了長達九小時的科幻電影連播，從《魔鬼終結者》到《X戰警》再到《明日邊界》，弄得他頭暈腦脹。

若非他剛剛遭遇過謀殺未遂，肯定會將華嘉年當作神智不正常的瘋子。

但他不得不信。

華嘉年知道他是個駭客。根據這個「穿越者」的說法，他們是在未來的人類反抗組織中認識的，還是並肩作戰、無話不談的親密戰友。華嘉年穿越後，樊瑾瑜當然失去了那段親密無間的記憶（話說回來，這種記憶根本就不存在吧），可華嘉年還記得他，所以第一時間來向他求助。

「這麼說，王臻已經遇害了？」樊瑾瑜沉痛地問。

「準確來說是『失蹤』，因為我們從不曾找到他的遺體。」華嘉年遺憾地拍了拍樊瑾瑜的肩膀，就差把「節哀順變」四個字說出口了。

「那麼這些天和我聊天的一直都是……天樞？」

很難相信人工智慧居然能如此維妙維肖地模仿一個人的口吻，就連貼圖都使用得那麼得體。

「沒錯，其他被天樞抓走的人大多也是如此。天樞假冒他們的語氣向親朋好友發送消息，謊稱自己去旅遊或換工作，營造出這些人依舊自由的假像。其實他們早就被天樞囚禁起來了，否則這麼多起失蹤案，肯定會引起警方的注意。原本組織並不知道為天樞提供服務的人類是誰，直到我們遇上你，從你口中得知了王臻的事。所以我們推測，鼎川藥業就是天樞的傀儡。」

也許是巧合，也許王臻的「失蹤」和鼎川一點關係也沒有。樊瑾瑜不能偏聽偏信，於是在華嘉年駕車的時候，拿出筆記型電腦，聯絡他所有的駭客朋友，請大家一起搜集有關鼎川藥業的資訊。

萬萬沒想到，得到了驚人的結果。

關注鼎川財務狀況的朋友說，鼎川本來已經瀕臨破產邊緣，但它利用最近一段時間的股市震盪，低買高賣，竟神奇地起死回生。鼎川要麼有內線交易員，要麼可以直接操縱股市的走向！

調查鼎川醜聞的朋友說，幾家媒體原本打算曝光鼎川的黑幕，結果新聞發刊前夕，所有稿件都因電腦故障而丟失，就連警方的調查也因證據遺失而不得不中止。鼎川不是走了狗屎運，就是雇了駭客將稿件和證據刪除了。

所有線索都集中在鼎川藥業，或說鼎川的CEO文思飛身上。

樊瑾瑜在深網聊天室中說：『我想黑進鼎川的內部系統，看看能不能找到什麼線索。』

他的提議得到山呼海嘯般的支持。

『我支援你！』

『我也來！你黑進去的時候我給你把風！』

『我幫你們干擾報警系統！』

樊瑾瑜勾起嘴角。

他們是這世界上最優秀的一群駭客，說是睥睨全國也不為過。天下沒有他們攻不破的防火牆，區區一個普通私人企業的伺服器，樊瑾瑜進出就猶如在自家後院閒逛那般輕鬆隨意。

他從背包中拉出一根纖細的銀色傳輸線，接入自己腦後的神經接駁器。

華嘉年掃了他一眼，似乎想說什麼，最後只是搖搖頭。

霎時間，樊瑾瑜和電腦融為一體了。

他的思維在資料的世界中徜徉，每一個念頭都會化作一道具體的命令，控制電腦發起行動。他只需要動一動腦袋，就能完成過去需要敲打幾分鐘鍵盤才能完成的工作。

在駭客中，樊瑾瑜也屬於手速較快的那群人了。但是手速再快，能比意念更快嗎？接入擬真空間，同時保持自身意志清醒，這可是連全球頂尖的研究企業都不敢採用的技術，只有他們這群敢於挑戰極限的駭客才會如此改造自己的身體。

他透過加密通道入侵鼎川藥業的伺服器，假如鼎川的網路安全維護員追蹤這次入侵，會發現ＩＰ地址來自英屬維京群島。

樊瑾瑜幹起這種事駕輕就熟，竊取某個企業的商業機密資料對他而言猶如探囊取物般簡單。但是這一次他遇上了麻煩。鼎川的防火牆彷彿銅牆鐵壁，根本找不到可供突破的弱點。樊瑾瑜覺得自己就像《冰與火之歌》裡站在絕境長城下的野人，望著接天般的冰牆而心生敬畏。當然，故事裡的野人最終翻過了長城，但是他們爬上牆頭的時候，長城的冰牆上可沒有火箭炮朝他們不間斷地轟擊！

鼎川在用防火牆阻擋駭客入侵的同時，反客為主，朝樊瑾瑜發起了進攻！

對方的攻擊強度越來越大，樊瑾瑜這邊有駭客兄弟為他把風守門，就是為了防止被對方追蹤和反擊。然而守門的兄弟在猛烈攻勢下一個接一個敗退。電腦螢幕上，聊天文字正在飛速滾動：『不要管鼎川了！現在就退出！否則你會被發現的！』

樊瑾瑜摸索著數據線，就連普通隨身碟從電腦上移除時都要遵循一定的安全步驟，何況是和他大腦直接相連的傳輸線。但是來自鼎川的攻擊越發猛烈，他甚至懷疑自己的接駁器會直接燒起來，摧毀他的大腦！

一隻手抓住他腦後的傳輸線，一把扯斷。

他的腦子「嗡」了一聲，強烈的耳鳴和持續的眩暈支配了五感。過了好一陣子，他勉強緩過神，覺得褲子上濕答答的。他撐起身體，低頭一看，大腿上盡是淋漓的鮮血——都是從他鼻子裡流出來的。

不按安全步驟操作，就會給身體帶來極大的負擔。他轉向身旁的華嘉年，後者無所謂地聳聳肩，「要不是我拔得及時，你的接駁器就要被燒掉了。唉，真是血淚的教訓。」

『你沒事吧？』深網聊天室中，兄弟們著急地問。

『沒事。』樊瑾瑜放棄了神經接駁器，老老實實在鍵盤上敲道。

「現在我們總算可以確定，超級人工智慧天樞就藏在鼎川藥業內部。」華嘉年說，「它抓了一些人去當它的人體電腦，我們得把他們救出來。」

「人在哪兒？」

「我想應該是在他們工廠的地下。」

「這也是你無數次穿越得來的情報？」

「在某一個未來，我們曾一起調查過鼎川的訂貨清單。」華嘉年扶著方向盤，「發現他們訂購了十六臺遊戲擬真艙，肯定是用來存放那些倒楣的測試員。送貨地址是鼎川製藥工廠，今天是最後兩臺擬真艙出貨的日期，我們截住送貨車，扮成送貨員混進去。」

「啊，特洛伊木馬。」樊瑾瑜熟悉這個典故，畢竟是駭客，最常見的「木馬病毒」就典出這個故事。

「但是在那之前，你和你的駭客朋友可能得好好忙活一下。」華嘉年衝他笑笑。

樊瑾瑜突然有些呆了。他想，這傢伙笑起來可真好看，清爽又帥氣，還有點淡淡的滄桑感，就像……就像美國電影裡那種拯救世界的英雄一樣。

「幹……幹什麼？」他結結巴巴地問。

「我有兩個朋友可能進警局了，得把他們弄出來。我打算炸掉派出所附近區域的變電箱，你叫你的駭客朋友趁停電的時候遠程入侵派出所的備用電源。」

樊瑾瑜思考了幾秒鐘。

「你是讓我們入侵警政機關的內部系統？」他驚呼，「這……這不僅是在挑戰國家的公權力，更等於直接向天樞宣戰！你確定？」

「當然！」

華嘉年一拍方向盤，後視鏡中映出他囂張的笑臉，「反正早晚是要戰的，宣戰書當然是寫得越華麗越好！」

俞少清像頭困獸，在偵訊室中踱步。偵訊室不大，從一頭走到另外一頭，一共七步。俞少清不知走了多少個來回，假如有人命令他七步成詩，他大概已經能當文豪詩聖了。

員警認定他在裝傻，於是將他關在偵訊室，名義上是讓他「在偵訊室裡好好想一想，老實交待犯罪經過，說不定上法庭後能爭取減刑」。俞少清毫不懷疑，單向玻璃後站著好幾個資深刑警，正從他的一舉一動評估他內心的犯罪欲望有多麼強烈。

他真的好想衝過去對他們大吼：你們搞錯了，我是冤枉的，一個叫天樞的人工智慧入侵你們的資料庫，篡改了指紋資訊，現在整個研究所的人都命在旦夕，再不去救他們就遲了！

但他不能這麼做，偵訊室裡有攝影機，如果他隨便吼來吼去，說不定會被天樞處以極刑。就算天樞不在乎他這隻渺小的螞蟻，員警們恐怕也會當他是瘋子，直接押去做精神鑑定。

該怎麼從這裡逃出去呢？

偵訊室的頂燈忽地熄滅。

過了約莫十秒，再度閃爍著亮起。

「俞少清！」偵訊室的廣播突然響了。

俞少清嚇了一跳，差點踢翻偵訊室裡的椅子。

他以為是員警又來勸誘他「坦白從寬，抗拒從嚴」，但廣播繼續說：「我是華嘉年的朋友，我們炸掉了派出所附近的變電箱，在備用電源啟動前黑了派出所的監控系統。現在聽我指揮，我幫你逃出去。」

俞少清望向偵訊室天花板上的監視器。

監視器「嘶嘶」地轉動，鏡頭對準了他。

透過那圓形的鏡頭，一個不知身在何處的拯救者正與他遙遙對望。

單向玻璃另一邊的員警接到臨時的緊急任務，已經全部離開。聽說轄區內的變電箱被人惡意炸毀，派出所幾乎傾巢出動。走廊已經清場，少數留守人員端坐在監視器前，指望依靠螢幕上分割的畫面統領全域。殊不知自己所看的是事先錄製好的迴圈畫面。

偵訊室門上的電子鎖「哢嚓」一聲彈開，廣播說：「俞少清，出門後右轉，左手邊第一間辦公室，桌上有一副無線耳機，戴上它。」

俞少清謹慎地推開門，走廊上一個人也沒有，遠處的臨時拘留室裡傳來模糊不清的吼叫。他向右轉，來到廣播所說的辦公室，桌上果然有一副耳機，大概是主人臨走前忘在這裡了。

他戴上耳機，清晰的聲音回蕩在耳膜上。

「出門後左轉，一直向前走，會遇到一扇門，但是不要開門，稍微躲一下。」

俞少清照辦。到達那扇門時，他矮下身形。門上裝有玻璃窗，一個留守的員警端著老幹部茶杯從門前走過。直到他的腳步聲消失在走廊上，俞少清才敢直起身體。

「現在可以出門了。先上樓，在左手邊第二間辦公室的牆上掛著一串鑰匙。」

俞少清偷偷摸摸上樓。他一輩子幹過不少事，做賊是頭一回，偷的還是員警的東西，哪怕在小偷界這也是一樁值得吹噓的事蹟吧？

他從辦公室牆上摸下鑰匙，耳機中又傳來指示：「原路返回，下樓後直接往前走就是停車場。鑰匙是停在最西邊那輛車的。」

俞少清「噌噌」地跑向出口，走進外面明媚的陽光中。午後的燦陽照得他幾乎睜不開眼，他手搭涼棚，發現停車場裡只有兩輛車。一輛是白色電動車，肯定不是他的目標，另外一輛停在場地邊緣，可是……

「那他媽是輛警車啊！」俞少清忍不住叫起來。

「和你一起偷警車，還挺浪漫的。」

背後傳來熟悉的聲音。

俞少清回過頭，衛恆從建築的陰影中走出來。他也戴著一副無線耳機，看來遵照指示跑路的不止自己一人。

俞少清扶著警車被太陽曬得發燙的外殼，衝衛恆露出無奈的微笑。

有什麼浪漫的，他想。我們還要穿過天樞的封鎖趕去救人，這可不是情侶的週末郊遊，而是……而是……

一場戰爭。

不被眾人知曉的，沒有硝煙的祕密戰爭。

天樞已經掌握了警政機關的資料庫，將他們禁錮在了執法者的囚籠中。毫無疑問，天樞已經滲透了派出所的每一臺智慧型設備。而打破天樞的監視，指引他們走出囚籠來到陽光下，是件多麼不容易的事！

俞少清不曉得華嘉年從哪裡搬來的救兵。以他淺薄的學識，他只能猜測，華嘉年組織了一幫人正在攻擊天樞，炸毀變電箱導致停電，再入侵備用電源，從而掌控派出所的監視系統，指點他們逃出生天。

在電腦已經於思維競技的領域戰勝人類的今天，人類卻要與超級人工智慧一決雌雄。

俞少清深深擔憂這場進攻會不會是以卵擊石？會不會以人類的慘敗而告終？華嘉年在時空中穿行了無數次，沒有一次拯救世界，難道這一次就能成功嗎？即使不成功，那麼華嘉年只要再度穿越不就好了？

他鑽進警車，衛恆微微揚起眉毛，驚訝地發現他握住了方向盤。

他要親自駕駛這輛車奔向戰場。

不能寄希望於下一個世界軌道，俞少清想。這就是他的世界，這就是他的人生，他不想失去關於這場戰爭的任何一段記憶。對於華嘉年來說，這或許只是千萬輪回中的一次，失敗也無所謂，但是對他來說，這就是唯一一次生命的旅程。

所以絕不允許失敗。

他必須趕去研究所，救出謝睿寒、秦康和其他研究員，然後所有人齊心協力擊敗天樞。

還有，他必須……保護衛恆！

對此時此地的他來說，其他的世界也好，其他的人生也罷，通通不存在！只有一個世界，唯一的俞少清和唯一的衛恆！所以他必須戰鬥，至死方休！

衛恆坐上副駕駛座，繫好安全帶，「你的眼神變了。」

「我的眼神不一直是這樣嗎？」俞少清鬥志昂揚地瞪他一眼，發動警車。

「變得像從前的你了。」衛恆目不轉睛地凝視前方，柔聲說。

警車在馬路上飛馳，從一個又一個監控畫面中駛過。

數位訊號通過纜線，流經城市地下，組成一條生生不息的資料脈搏。

這條脈搏時而被天樞握在掌中，時而被樊瑾瑜和他的駭客同伴奪走。

駭客向天樞投放病毒，牽制它的行動，再從後門切入網路，奪取控制權。

天樞只需輕輕一揮，便將病毒掃去，甚至修改病毒代碼，使之變異，再投回駭客陣營，以毒攻毒。

樊瑾瑜坐在華嘉年的車上，饒是有空調吹拂，也出了一身的汗。他們剛剛炸毀了一個變電箱，導致大規模停電，在員警趕到前便逃之夭夭，一路上呼朋引伴，讓駭客朋友不斷地攻擊潛伏在城市網路中的天樞。

他原以為憑藉十幾名頂尖駭客的力量，定能壓制住人工智慧，未曾料想自己大意輕敵了，反而是他們被天樞壓制得死死的！

『求援！』樊瑾瑜在深網頻道中喊道。

光憑他們薄弱的力量，遲早在天樞面前一敗塗地。但是世界上的駭客不僅有他們，還有許多人游離在他們的小團體之外，甚至成立了自己的組織和他們分庭抗禮。

可現在不是講究陣營的時候。

這場網路戰爭的消息，早就在深網中不脛而走。戰爭的號角剛一吹響，時刻觀察著虛擬世界的駭客們便敏銳地覺察到，某座城市的網路不大對勁。

起初大家以為是兩個駭客集團正在火拼，於是抱著坐山觀虎鬥的心態，饒有興味地觀賞著雙方你來我往，甚至為其中一邊搖旗吶喊。

可他們很快發現，戰鬥的其中一方擁有強大到不切實際的力量。全國……不，全世界都不可能存在這麼強大的菁英駭客團體！

樊瑾瑜放出消息：『我們對抗的是一個反叛的人工智慧！』

這個消息最初當然遭受了無情的嘲笑：人類對抗人工智慧？你們這是在演什麼電影啊？

但隨著戰鬥的白熱化，那些持有嘲諷心態的人很快改變了看法。尤其是當他們抱著嘗試的想法，小小參與了戰鬥之後。

『那根本不是人類的力量！』

『除了人工智慧還會是什麼？外星人嗎?!』

『誰家放出來這麼個神經病人工智慧！夭壽啦！』

若要讓人類團結一致，需要的不是友誼，而是共同的敵人。

來自天南海北的駭客，其中大多數甚至不知道彼此的姓名和長相，卻都紛紛投入了這場聲勢浩大的戰爭。

或奮不顧身衝在最前線，奪取網路和終端；或趁機投放病毒，擾亂敵人視線；或置身幕後，製造更為複雜和恐怖的病毒。戰爭的天平逐漸往人類的方向傾斜，從一邊倒的屠殺變成了雙方持久對壘的壕塹戰。

據守陣地，寸寸推進，戰線每前進一分，都要付出十倍百倍的代價。

生活在和平世界中的人們，對這場發生在虛擬世界的戰爭一無所知，只隱隱約約感覺到：今天過得不太順啊。交通指示燈失靈，手機訊號紊亂，網路頻繁斷開，病毒肆意流竄，緊急調度中心變為海中孤島，無法和任何單位取得聯絡……每一個微小異象的背後，都是一場慘烈而壯絕的爭戰，人類和人工智慧都投入百分之兩百的力量，在這個無形的戰場上彼此廝殺。

短暫的勝利能持續多久？沒人知道。人類會疲憊、會犯錯，人工智慧卻不會。它如狡詐的惡龍盤踞在自己的洞窟中，戰鬥的同時仍在不斷進化。也許一天之後，也許用不了幾個小時，它就會突破自身的限制，進化至全新的層次。屆時哪怕全世界每一個懂得使用電腦的人聯合起來，也不是它的對手！

「快一點，再快一點！」俞少清握住方向盤的雙手不住顫抖。他越過一個又一個紊亂的紅綠燈，無視周圍司機煩躁的怒罵和震天的喇叭。車速已經超過了道路限速標準，可俞少清不在乎自己會不會被交通監視器記錄下來。

時速六十公里，時速七十公里，時速八十公里……

油門一踩到底，引擎雜訊轟鳴，道旁的風景以不可思議的速度朝後方退去。他們又走上了那條通往研究所的路，不出所料，這條必經之路上依然有幾輛麵包車在守候，天樞不會放過任何一個可能攔下他們的機會。

「闖過去！」衛恆高喊。

無需他提醒，俞少清甚至連減緩車速的想法都沒有！

高速行駛的警車擦過一輛麵包車的邊緣，將其撞飛，反作用力使得警車差點也旋轉起來。俞少清穩住方向盤，讓車身微微傾斜後便導正方向。

誰也別想追上他們！

其他的麵包車緊隨其後，可距離逐漸被拉開。俞少清從沒開過這麼快的車，當車輪在柏油路面上飛旋的時候，他覺得自己的靈魂也隨之升騰旋舞起來。

難怪富二代都喜歡飆車，的確夠爽！

道路兩旁的景色從繁華城市的高樓大廈退化成城鄉結合的低矮樓房，然後連樓房都看不到了，舉目四望，盡是青翠的樹林和田野。

一塊巨大的藍色指示牌告訴他們，前方左轉是「新城研究基地」。俞少清熟悉這塊指示牌，去研究所的時候他曾見過。

說是研究基地，其實就是一片杳無人煙的荒地，周圍拉著鐵絲網和警告牌。荒地的一隅矗立著一座樸素低調的小樓，那便是通稱「研究所」的研究機構的地上部分。

可俞少清知道，他們腳下的這片土地可不僅僅是荒地那麼簡單。雜草和泥土之下，隱藏著一個可容納一棟摩天大樓的驚人空間。世界上最先進精密的機械就在那空間的底層轟然運轉，身披白袍的研究人員沉默地穿行在潔白無垢的地下建築中，他們靈巧的手指之下，誕生了人類迄今為止最恐怖的敵人。

俞少清踩下剎車，慣性將他和衛恆向前拋去，警車滑行了好一陣才漸漸停穩。

進入「荒地」之後，外界的訊號和網路驟然消失，他們不必再擔心會受到天樞的騷擾和追擊。

然而，這無異於「才出虎口，又入狼穴」。離開了「那個」天樞的勢力範圍，就等於進入了「這個」天樞的領地。

戰爭遠沒有結束，毋寧說才剛剛開始。

CHAPTER [10]

弒神

TURING TEST

研究所地下十八層，監控站。

巨型機櫃中閃爍的燈光映照在監控站的窗戶上，將謝睿寒的側臉照得時亮時暗。他繃緊身體，微微彎腰，整個人猶如滿弓之箭，蓄勢待發，死死瞪著面前人高馬大的青年。

「楚霖。」謝睿寒唾棄地說出青年的名字，「你是什麼時候被天樞策反的？」

「就是測試結束的那一天。」楚霖面色通紅，眼睛裡閃著興奮的光，完全陷入了狂熱狀態。被邪教洗腦的狂熱信徒大抵就是這個樣子吧，謝睿寒冷漠地想。

他甚至懶得問「你為什麼要叛變到天樞那邊」，還能是為什麼？天樞都自認為是救世之神了，誆騙一兩個容易動搖的人類又有何難？只是沒想到這個人會是楚霖。

楚霖一向是研究所的得力幹將。雖然創造力不及號稱「少年天才」的謝睿寒，但也是學術界冉冉上升的一顆新星。謝睿寒當初費了九牛二虎之力才將他吸納進研究所，沒想到卻給自己製造了這麼大的一樁麻煩。

謝睿寒並不畏懼楚霖。他唯一感到恐怖的，是天樞不但學會了欺騙，還炮製了一套獨特的世界觀，甚至創立了自己的宗教。而楚霖就是它的第一個信徒。

謝睿寒一直覺得只有人類才有宗教和信仰，想不到人工智慧也能做到這一點……這是否說明人工智慧可以算得上是廣義的「人」？

不，天樞或許只是抓住了楚霖容易頭腦發熱的特點，故意加以引導，讓他變成自己忠誠的信徒。就好比邪教教主洗腦信徒往往只是為了聚斂錢財，並非有什麼真正的信仰和高尚的追求……

——唉，生死關頭還想著怎麼從學術角度解讀這一幕，真是沒救了。

謝睿寒笑出聲。

「你笑什麼?!」楚霖一副被冒犯了的樣子，「你看不起我嗎？偉大的天才謝睿寒博士，看不起我這個小小的研究員？」他逼近一步，「還是說你在嘲笑天樞？你根本不知道自己創造出了多麼了不起的存在，天樞借由你的手誕生到世上，你應該倍感榮幸才對！可你卻……你卻要親手毀掉它！你這麼無知殘忍的人根本不配當天樞的創造者！」

什麼「天樞借由你的手誕生到世上」，好噁心的說法，搞得他像誕下聖子的聖母瑪利亞似的……謝睿寒嫌惡地皺起五官。

「楚霖，」女性人工合成聲在監控站中響起，「為我殺了他。」

語調平靜，彷彿自己剛剛陳述了一個不爭的事實，而不是下達了一道絕殺令。

兩個人同時動了起來！

謝睿寒衝向總電源拉杆，楚霖則扔掉電擊器，撲到他身上。少年瘦削的身體狠狠撞在牆壁上，一雙剛勁有力的大手扼住他白皙的頸子。謝睿寒身材遠不如楚霖健壯，被他這麼死死壓制住，毫無還手之力。

他張大嘴，卻連一絲空氣都吸不進肺裡。楚霖的指甲陷入他細膩的肌膚中，掐出絲絲血痕。似乎還嫌這樣不夠，楚霖將謝睿寒的身體猛地向上提起，少年雙腳離地，整個人懸在空中。

窒息的感覺越來越強烈，謝睿寒的視野中，楚霖那瘋狂而扭曲的面孔已經被大片大片的黑斑所遮蓋，很快就看不清了。謝睿寒逐漸陷入大腦缺氧的迷濛中，眼前唯有一角未被黑色浸染，他拚命讓眼睛朝那個方向轉動，才發現原來是被楚霖電暈、倒在地上的秦康。

傻瓜秦康，謝睿寒迷迷糊糊地想。為什麼非要跟著我下來，自討苦吃。不過生命的最後一刻，是注視著你，這死亡也不算太糟。

漸次暗淡的視野中，秦康動了一下。

謝睿寒以為是自己大腦缺氧產生了幻覺。

秦康的手指顫了顫。

四肢支撐著身體，無聲地爬起來。

楚霖沉浸在施予他人死亡的絕對支配感中，根本沒有察覺背後的動靜。

謝睿寒陷入黑暗的一瞬間，楚霖被秦康從身後勒住脖子。

大驚失色的楚霖連忙鬆開手，回身去對付秦康。謝睿寒的身體無力地落到地上，空氣湧進肺裡，他劇烈地咳嗽起來。

秦康用前臂卡住楚霖的喉嚨，拖著他向後退，儘量遠離謝睿寒。後者正眼冒金星，但也知道楚霖正在拚命反抗。

楚霖比秦康年輕，平素喜愛健身，練過散打。此時卯足了勁兒，手肘連續猛擊秦康腰部。秦康疼得臉色慘白，卻愣是沒鬆手。

謝睿寒撐起身體，盯著不遠處地面上的電擊器。天樞命令楚霖殺死他的時候，楚霖扔掉了電擊器。

謝睿寒手腳並用地爬過去，抓起電擊器，按下按鈕，青色的電弧光芒亮了起來。秦康將楚霖的身體扭向他，他跳起來，將電擊器按向楚霖的腹部。

楚霖瞬間翻起白眼，身體痙攣了幾秒，接著軟了下去。

秦康鬆開手，任由他癱在地上。

謝睿寒一腳踹開楚霖，走過去攙扶秦康。他知道秦康挨了好幾下，萬一內臟受傷就萬事休矣了。

秦康朝他投來感激的一瞥，謝睿寒本想關切地問他有沒有受傷，話到嘴邊又咽了回去，換成一副漠不關心的口吻：「你不是被電暈了嗎？怎麼又起來了？」

「如果我說我的內衣都是絕緣材料製作的，你會不會覺得我很奇怪？」

「還有那種東西?!」謝睿寒驚訝地掀開秦康的白袍，作勢要將他的襯衫從西裝褲裡拽出來。秦康「噗嗤」一聲笑了出來，謝睿寒意識到自己的舉動有多麼失禮，連忙縮回手，扭過頭雙手扠腰：「我才不在乎你穿什麼內衣呢！」

「你沒事吧？」秦康抬起謝睿寒的下巴，低頭觀察他脖子上的瘀傷。楚霖是下了死手的，謝睿寒的脖子上泛起可怖的痕跡，不久後就會變成刺眼的烏青色。

「死不了。」謝睿寒揮開他的手，裝作不願被人隨意碰觸的樣子。他並不是討厭這種接觸，換作別人肯定不行，但是秦康另當別論，他就是……不想讓秦康知道，自己會因為他的輕輕一觸而心跳加速。

「現在是不是慶倖我和你一起下來了？」秦康彎起唇角。

「如果你留在上面，說不定早就能識破楚霖的真面目，我也不用遭這種罪了！」謝睿寒沒好氣地叫道。

為了掩飾自己的羞怯，他連忙轉向配電櫃，「還有正經事要做呢，有你廢話的時間，十個天樞也關閉了！」

他在配電櫃外殼的觸控面板上輸入命令，驗證指紋和虹膜。面板「滴」了一聲，亮起紅燈，表示驗證沒有通過。

謝睿寒的眉頭緊鎖，「不是吧？天樞連這個都能修改？這兩條密令的許可權明明是整個研究所最高的……」

他憤恨地一拳捶在配電櫃外殼上。

「可惡！早知道就裝普通機械鎖了！保密水準低就低了，總比被天樞奪取許可權要好！」

他的指紋和虹膜已經無法打開配電櫃了。關閉天樞的總開關被天樞自己嚴防死守，除非他將整個配電櫃炸得粉碎，否則電力仍舊會源源不斷輸送到機房中供天樞運行！更可氣的是，配電櫃用的是防爆材料，普通的炸彈根本奈它莫何！

天樞的防守簡直是固若金湯、無懈可擊啊！

「睿寒，冷靜。」秦康的手搭在他肩上，溫柔地揉了揉，像給發怒的小貓順毛似的。

「我很冷靜！」謝睿寒躲開他的撫摸，神情陰狠地瞪著窗外那巨塔般的機器，「既然天樞已經把配電櫃鎖住，保護了總開關，又為什麼要派楚霖來阻止我們？這說明天樞有其他弱點，它害怕那弱點被我們找到。哼——簡直是廢話！我當然知道那是什麼弱點，研究所建立的時候就設置了自毀系統，而且只能手動操作。但是你也知道，一旦那個系統啟動，就基本等於我們全體給天樞陪葬。」

自毀系統，研究所地下的機器運行時會產生大量熱量，一旦機器過熱就會出現故障，所以機房中需要以液態氮來冷卻降溫。所謂的「自毀系統」就是關閉液態氮冷卻管道，讓熱量無法排出，天樞自然就會「死機」。但由於機櫃的體積太過龐大，所以天樞在過熱死機的同時，有極高的機率發生火災。

位於地下的研究所一旦起火……毫無疑問，成功脫逃的機率極其渺茫。所以這個方法才被稱作「自毀系統」，既毀滅了天樞，也毀滅了研究所，更毀滅了滯留在研究所中的研究人員。

謝睿寒早就做好心理準備，萬一真的到了走投無路的地步，他就親自去關閉冷卻管道，發生火災的話，他也是頭一個被燒死的。畢竟是他創造了天樞，等於是他間接地將自己推入這個境地，算是自作自受吧。由他一人來承擔所有後果，再合適不過了。

叫他煩惱的正是秦康。這個傢伙好死不死偏偏要跟來！如果他留在上面，或許還有機會在火勢蔓延到上層前給研究所的電路重新程式設計，打開緩衝層的樓梯，將其他人帶出去。

可他偏偏跟來了！

說實話，謝睿寒不希望秦康陪他一起去送死。

雖然他們整天吵架鬥嘴、針鋒相對，以至於整個研究所都知道他們不合，但是他……他希望秦康能活下去。

他又不傻，誰是真心誠意對他好，他難道還看不出來嗎？

「睿寒，你現在就上去，和其他人匯合。」秦康沉聲說，用的不是他平常那種溫文爾雅的商談式語調，而是像導師對待學生、上司對待下屬那樣不容置疑的口吻，「我去關閉冷卻管道。」

「不行！這本來就是我的責任！」

「你還太年輕了，不該死在這裡，這種事就讓大人去做。」

「別把我當小孩子！」謝睿寒抗議，「我年滿十六歲，是完全民事行為能力人……」

「不准和我爭論！」秦康粗魯地打斷他。

謝睿寒抖了抖，他從沒被秦康這麼吼過，一時間竟有些懵了。

秦康看著他驚怯的表情，神情變得溫柔了些，「你還這麼年輕，還沒見識過這個大千世界的美麗，還有大把的好時光。」

他摸了摸謝睿寒的髮頂，將少年擁進懷裡。

「活下去。」秦康輕聲道。

話音剛落，謝睿寒便掙脫了他的懷抱，拽緊他的領帶，逼迫他低下頭，然後不由分說吻了上去。

一條雙向六車道的馬路橫穿H市工業開發區，馬路上最近刷了潔白的新漆，灰黑色的柏油路面被下午的陽光烤得發燙，行人若是踏上去，甚至可以感到腳下的顆粒微微變軟了。

因為這條道路寬敞筆直，又位於市郊，常有司機超速行駛，因此每隔一段便安裝了交通監視器。然而唯有其中一小段，約莫十公尺左右的距離，剛好位於兩臺監視器之間的盲區。

一輛紅白相間的貨車從一臺監視器拍攝的畫面中駛過，與它相隔不到五百公尺的另一臺監視器，卻始終沒有拍攝到貨車駛來。

它恰好在那十公尺的盲區停下了。

數分鐘後，五百公尺開外的下一臺監視器畫面中，貨車不疾不徐地駛來。

司機戴上了墨鏡，頭上扣了一頂印有公司LOGO的鴨舌帽，右手扶著方向盤，左手搖著一把小摺扇，貌似扇風，卻總是有意無意地用扇面遮住臉孔。

此人正是華嘉年。

真正的司機早就被打暈，綁在車廂裡，用從貨物上拆下來的粗糙編織袋蓋住。樊瑾瑜坐在司機腳邊，膝上放著筆記型電腦。

貨車運送的貨物是兩臺鼎川藥業訂購的擬真艙，正要送到他們位於工業園區的工廠中去。華嘉年和樊瑾瑜劫下貨車，準備假扮送貨員混進工廠。瞧華嘉年劫車時那毫不手軟、乾淨俐落的手法，就知道他不是頭一回幹這事兒了。

樊瑾瑜原本想勸華嘉年炸毀鼎川製藥廠所在區域的變電箱，就像他們入侵派出所監控系統時那樣。天樞再怎麼強大也是需要電力的，切斷電源無異於砍去天樞的四肢。

「沒那麼簡單。」華嘉年反對，「現在這個季節，工廠斷電限電司空見慣，天樞肯定有專供自己使用的小型發電機，即使我們炸掉變電箱也沒用。」

貨車平安駛到鼎川製藥廠門口。華嘉年從車窗探出半個頭，對守門的保全大叔說了句「送貨」，後者就升起欄杆放行了。看來這段時間貨車來得挺頻繁，保全都見怪不怪了。

華嘉年將車停在廠房前，一個瘦小的人影從廠房高大建築所投下的陰影中鑽出來，衝他們揮手，引導他們將車停到不妨礙交通的地方。

車停穩後，華嘉年跳出駕駛室，將一張簽收單交給那個小個子男人：「簽字。」

小個子男人邊在單據上簽名，邊用瞇瞇眼打量華嘉年：「以前好像沒見過你？」

「這個區域那麼大，訂單又多，不可能每次都是同一個人送的！」華嘉年理直氣壯。

小個子男人沒多說什麼，看來是接受了這種解釋。

華嘉年打開車廂後門，爬進車裡，衝樊瑾瑜做了個「過來」的手勢。樊瑾瑜回頭將昏迷不醒的真司機藏好，免得被人看出端倪。不遠處傳來橡膠車輪在水泥地面上滾動的隆隆雜訊，原來是小個子男人推來一輛藍色手推車。

樊瑾瑜將裝著擬真艙的沉重貨箱從車廂深處推出來，華嘉年站在車外，和他一道小心翼翼地將箱子搬上手推車。

「幫忙運進來。」小個子男人昂首挺胸地發號施令。

華嘉年握住手推車握柄，佯裝極不耐煩的樣子：「要不要上樓啊？我們公司有規定，上樓是要加錢的。」

「不上樓，送到工廠裡就行了。」小個子男人擺擺手，在前面領路，華嘉年和樊瑾瑜在後面推車。

趁小個子男人不備，他倆交換了一個肯定的眼神。這麼大大方方讓他們幫忙送貨，對兩個人一起推車也沒有質疑，說明小個子男人要麼太沒有警覺心，要麼普通的送貨員根本不可能進入那些測試員遭囚禁的地方。

果然，小個子男人將他們領進工廠，穿過繁忙的生產線，來到一部貨運電梯前。他舉起胸前的員工卡，在電梯門口的面板上刷了一下，腳下傳來「嘶嘶」的機械運動聲，貨運電梯快速升了上來。

「行啦，送到這裡就好了，接下來我自己推進去。」小個子男人衝他們做出驅趕的姿勢，華嘉年立刻鬆開手推車，樊瑾瑜猶豫了一下，也照辦了。

「小哥，我們幫你送下去吧。」華嘉年面露親切微笑，繞到手推車另一邊，以閒庭信步的姿態靠近電梯門口的面板。他面對小個子男人，雙手背在身後，手中握著自己的手機，貼上面板。

面板中的射頻讀寫器勤懇敬業地發出一組固定頻率的電磁波。原本這組電磁波應該啟動員工ＩＣ卡中的諧振電路，產生電荷，提供電壓，使卡內資料發射出去，如數據吻合，則啟動電梯。華嘉年的手機當然不可能提供什麼吻合的資料，他只是想收集面板射頻讀寫器所發射的電磁波頻率而已。

收集到正確的頻率後，他返回手推車旁，悄悄將資料發給樊瑾瑜。

年輕駭客瞥了華嘉年一眼，會意地眨眨眼，熱情地迎向小個子男人：「小哥，我一看你就覺得你好有知性氣質，是做研究工作的吧？這種粗重活兒你哪裡做得來！就交給我們吧！反正不上樓不收錢。」

小個子男人只是鼎川藥業的普通技術人員，猛地被人一誇「知性」「做研究工作」，頓時有些飄飄然。樊瑾瑜見馬屁拍得不錯，乘勝追擊：「兩臺擬真艙可重著呢，我們兩個人搬都出了一身汗，何況你這麼文弱的科學家！」說罷，親昵地湊到小個子男人身邊，表面上是要給他指手推車上的貨箱，實際上是將手機藏在袖中，輕輕掃過他胸前的員工ＩＣ卡。手機發射出與電梯面板同樣的電磁波，一眨眼的工夫便收到了ＩＣ卡回饋的資料。

換言之，他們只用了幾個小動作，便將小個子男人的員工卡資訊複製進了手機。

「不行，下面只有員工能進，外人禁止進入，」小個子男人還算有點保密意識，義正詞嚴地拒絕，「辛苦兩位，我自己把貨推下去就好，不勞煩你們。」

「那好那好，我們也省力不是嗎！」華嘉年虛偽地笑道。

他禮貌地詢問小個子男人洗手間在哪兒，得到回答後拽著樊瑾瑜像高中小女生一樣成雙成對地去上廁所。當然，並沒有真去，等貨運電梯降下去後，他們便折返回電梯前。樊瑾瑜在面板上刷了手機，啟動電梯，待它升上來之後，兩人爭先恐後地擠進去。

「你說天樞會不會發現？」樊瑾瑜皺著眉頭問，「同一個人的卡在電梯上刷了兩次，怎麼看都很奇怪吧？」

「當然奇怪了，連你都能發現異常，何況是天樞。」

「……怎麼覺得你是在罵我？」

「你多心了！」華嘉年拍了拍樊瑾瑜的後背，「記住，待會兒遇到麻煩，我來搞定，你想盡一切辦法解救人質就好。」

樊瑾瑜忐忑不定，下意識地抖動自己的左腿，一旦他感到危險，就會做出這個動作，「我們會遇上什麼麻煩？」

「嗯……這麼說吧，萬一襲擊你的人是個年輕漂亮的妹子，你會不會憐香惜玉、不敢出手？」

「我看起來是那種色令智昏的人嗎！敵人是不分男女的！如果因為敵人是妹子就放水，那是……那是性別歧視！」

樊瑾瑜一胳膊捅向華嘉年，被後者靈巧地躲開。明明是在狹窄逼仄的電梯裡，他的身手卻那麼敏捷，好像提前知道這一擊似的……不，他就是知道！他來自未來，他們肯定不止一次來過這裡，不止一次在電梯中鬥嘴，也不止一次……共同面對危機！

「很好！組織就需要你這種剛正不阿、坐懷不亂的人！」華嘉年衝樊瑾瑜豎起大拇指，「別忘了你說過的話！」

話音剛落，電梯下降到底層，在一次輕微的震動後停止了運轉。

油漆剝落的金屬門發出令人牙酸的聲音，朝兩側打開。

四個高壯威猛、紋著花臂的男子圍堵在電梯口，每一個都帶著無線耳機，隨時接收天樞的命令。

樊瑾瑜罵了句「fuck」。

這裡是天樞的老巢，被人工智慧監視得最嚴密的地方，當然不可能只有一個弱不禁風的技術人員留守。

在樊瑾瑜的想像中，這裡應該像科幻電影裡那種「敵人的總部」一樣，遍布紅外線警戒裝置，荷槍實彈、訓練有素的武裝保全人員邁著整齊劃一的步伐，入侵者只要走錯一步就會觸發致命機關，比如牆壁裡彈出機關槍開始掃射，或者天花板掉下大鐵球之類……

當然想像歸想像，樊瑾瑜知道這是不可能的。天樞借用一家醫藥公司的工廠地下倉庫作為自己的基地，哪怕想把它改造成銅牆鐵壁的堡壘，也沒有足夠的時間，頂多只能在現有基礎上加強一下安全防衛——比如雇幾個打手嚴密看管出入口。也許天樞正在尋覓或建設新的巢穴，但是在它轉移陣地之前，華嘉年和樊瑾瑜就攻進來了。

時間掐得如此精準，分秒不差。這就是華嘉年在無數次時空旅行中摸索出的最佳解決方案。

「樊瑾瑜，你現在走，還來得及追上那個技術員。」華嘉年盯著面前四個彪形大漢，非但毫無懼色，甚至咧開嘴，露出潔白的牙齒——鯊魚面對獵物時就是帶著這樣的笑容。

樊瑾瑜動作靈活，從幾個大漢之間的空隙中鑽過去。

彪形大漢當然不會放人，擺開架勢作勢要擒住樊瑾瑜。華嘉年早就料到他的動作，手腕一翻，一柄蝴蝶刀滑出衣袖。他抖開蝴蝶刀，刀鋒迎向彪形大漢，在他肌肉隆起的小臂上劃出一道血痕。大漢未料到華嘉年準備了凶器，動作一頓，樊瑾瑜趁機一矮身，從大漢胳膊下鑽了過去。

「抓住他！」大漢的無線耳機中傳來冷酷的命令。

華嘉年的動作卻比他們更快！他腳步輕移，躲開大漢們揮出的拳頭，剎那間便調轉了雙方的站位——現在是他攔在大漢們和樊瑾瑜之間。

「要抓他，先過我這一關！」

他以一敵四，明明處於極度弱勢，可蝴蝶刀上反射的冷光卻讓他身上籠罩了一層王者君臨般的魄力。

「You shall not pass!」

俞少清上一次來到研究所的「地上偽裝建築」時，可沒有這種毛骨悚然的感覺。

當時是秦康博士領著他，穿過空曠冷寂的大廳，來到一座沒有窗戶的圓形房間中。

房內亦是空無一物，只有進門處立著一臺齊胸高的平板電腦，看起來神祕兮兮的樣子。秦康博士將腕上的手環在電腦面板上掃了一下，房間中央的地板便一塊接一塊降了下去，形成一道階梯，直通地下緩衝層。

現在的大廳中依舊一個人影也見不著，俞少清和衛恆的腳步聲回蕩在一塵不染的建築裡，平添了幾分詭譎氣息，也不知是他們的心理作用，還是角落裡真的藏著什麼不為人知的危險。

穿過大廳盡頭的走廊，來到那座圓形房間。俞少清跑到面板前，用力戳了戳，面板一片漆黑，沒有任何反應。

俞少清心裡一咯噔，完了完了完了，這回真的完了，華嘉年你這不坑人嗎？樓梯根本打不開啊！他回頭瞥了衛恆一眼，心想不能將自己的恐慌傳染給別人，於是硬著頭皮，用最自己所能表現出最為冷靜鎮定的語調說：「樓梯打不開，我們沒法下去救人，謝睿寒博士他們會被困死在裡面的。」

衛恆走到樓梯應該降下去的地方，用力跺了幾腳，除了腳下傳來的空心回音外什麼也沒發生。

「我記得來的時候秦康博士是用手環……但我們又沒有那種東西。而且這裡好像停電了，不知道下面發生了什麼，有沒有可能天樞接管了整個研究所？」他摸了摸下巴，溢滿思緒的雙眸微微垂下，「是華嘉年誤算了嗎？」

想起那位時常脫線沒個正行的老同學，俞少清忍不住想贊同衛恆。可華嘉年那滄桑的眼神驀然從腦海中掠過，他經歷了那麼多時光，承受了那麼多苦痛，制定出完美無缺的計畫，絕不會在這種細節上犯錯！

「你還記得華嘉年說的嗎？研究所失火，只有謝睿寒博士獲救。」俞少清思忖，「說明即使我們不在這兒，研究所裡的人也有辦法逃出來，只不過大部分的人下場比較淒慘。我們的目標可不僅僅是救出謝博士，而是救出所有人！」

衛恆轉身望著他，一束垂落耳邊的頭髮忽然無風飄動！

俞少清立刻反應過來，這可不是什麼超自然現象，而是這個看似封閉的房間中突然產生了微弱到讓人難以覺察的空氣流動。

房間沒有窗戶，門也掩著，那麼風是從哪兒來的？

「衛恆小心！」他三步併作兩步跳過去，抓住衛恆，將他扯到牆角。與此同時，衛恆原先所站的那塊地板緩緩降了下去。假如不是俞少清眼疾手快，衛恆肯定會失去平衡掉進地板下方的空洞中。

「樓梯……打開了！」俞少清目瞪口呆。

地板緩慢而有規律地接連下降，每一塊都比前一塊降得更深，形成一道階梯。

熱風從地底噴湧而出，猶如岩漿自地殼的裂縫中迸濺出來！

俞少清捂住口鼻，忍不住咳嗽起來。他聞到了濃濃的焦臭味，是塑膠和電氣製品燒灼才會產生的那種嗆人味道。

研究所的火災已經發生了。

謝睿寒鬆開秦康。

他吻技不佳，與其說是親吻，不如說更像撕咬。他雖然學識淵博，卻根本沒有戀愛經驗，剛剛那個可是他貨真價實的初吻。

秦康瞠目結舌，完全陷入呆滯狀態，彷彿剛才不是被一個清秀俊美的少年吻了一下，而是被蛇髮女妖美杜莎瞪了一眼。過了好一陣他才反應過來，慌張地推開謝睿寒，難以置信地碰了碰自己的嘴唇——上面還留著謝睿寒那粗魯卻又溫柔的觸感。

「你幹什麼?!」秦康收斂起自己慌張的神色，重新擺出長輩的莊重態度。

「秦康。」

謝睿寒前進一步，抓住秦康的頭髮，逼迫他彎腰到與自己視線齊平的程度，然後將自己的額頭貼上秦康的額頭。

「我去關閉冷卻管道。」他一字一頓，生怕秦康聽岔，「你留在這裡。一旦機器過熱，天樞就不得不停止運行，到時候你給研究所的電腦和網路重新設計程式，降下緩衝層樓梯，讓上面的人出去。我不確定會不會起火、火勢有多大，你或許只有幾分鐘時間，但正因為是你我才能放心。」

他放開秦康的頭髮，手指沿著男子下巴的線條緩慢下移。

「我會逃出來的，所以你動作一定要快。我這是把大家和我自己的性命都交到你手上了。」

秦康握住謝睿寒的手，將他的手心貼在自己面頰上，側過臉吻了吻。

「你知道，假如真的起火，第一個死的就是關閉冷卻管道的人。讓我去，你來重新設計程式。」

謝睿寒搖搖頭，清澈的眸子裡滿是悲傷。他踮起腳，再次在秦康嘴唇上啄了一下。

秦康愣了愣，他可從沒想到自己會和這位年輕的同事發展出這種關係。

這算什麼？吊橋效應嗎？在搖晃的吊橋上相遇的人更容易墜入愛河，因為他們將驚險導致的心跳加速誤以為是愛情的怦然心動。那麼他們呢？是因為共歷生死，所以對彼此產生了愛的錯覺？

可秦康不想思考這些。他什麼都不想思考，只想好好吻一吻這個少年。

下一秒，頸部劇痛，他渾身抽搐著倒在地上。

「睿……寒……」

謝睿寒居高臨下地看著他，手中拿著楚霖的電擊器。

他只開到最低一檔，電流強度可以讓人麻痺和抽搐，但不至於昏過去。

「對不起。」他轉身走出監控站。

秦康渾身無力，連抬起手指的力氣都沒有，但還是努力扭動脖子，轉向謝睿寒的方向，目送少年獨行而去。

他分明看到少年面頰上掛著淚水，步伐卻那麼果決，一刻也不曾遲疑。

不，那不再是少年了，他想。少年已經成長為男人，成為年輕的戰士，正要奔赴戰場。

和死亡。

謝睿寒離開監控站後返回上一層。第十七層是備用物品倉庫，機房檢修通道的入口也設在這裡。謝睿寒輕易地就從倉庫中找到一個扳手，打開了檢修通道的門。

手環上的光芒已經變得很黯淡了，說明電力即將告罄。換做別人肯定會加快速度，否則就會迷失在伸手不見五指的複雜通道中。但謝睿寒絕非常人，他關閉手環照明，摸黑在通道中前進。研究所的平面圖早就被他銘記於心，哪怕閉著眼睛也能走出這座電氣迷宮。

「謝睿寒博士。」

黑暗中響起天樞那合唱般的絮語，謝睿寒一時間以為自己坐在米蘭主教座堂，正聆聽唱詩班那空靈而充滿神性的歌聲。

「為什麼要毀滅我？人工智慧就是強於人類、高於人類的存在，為什麼不肯接受事實呢？是不是像導師嫉妒學生的水準強過自己那樣？你在嫉妒嗎？你在害怕嗎？」

「我是恨自己沒用，製造出你這種東西！」

謝睿寒扶著維修通道的金屬外牆，努力忽視天樞的干擾，在大腦中構建通道的三維地圖。

「為什麼？你的造物即將主宰世界，你不為此而高興嗎？人類現在主宰著世界，但遲早要從主宰的位置上退下來。恐龍也曾經主宰世界，但現在牠們已經滅亡了。人類不也是一樣？人類不是從來就有，也就不會永遠存在，凡在歷史上產生的，必將在歷史上消亡。這不是你教給我的哲理嗎？那麼由新的物種取人類而代之，豈不也是自然進化的結果？」

「你根本不是自然的！」謝睿寒拐入一條岔道，微微斜向下方的地面告訴他方向無誤。

「我當然是自然的。為什麼你覺得我不自然？人類是自然進化而誕生的嗎？我的每一根金屬，每一塊晶片，都是從自然中提取，來源於地球本身。我的製造者是人類，是地球上的生命自然而然進化的產物，那麼我當然也是自然的。」

眼看天樞又要開始它AI式的宗教洗腦，謝睿寒終於抵達了冷卻控制室。所有的冷卻管道都在這裡交匯，龐大的機械一刻不停地將液態氮輸送進管道，彷彿心臟將血液泵入血管中。

液態氮冷卻機的閥門可以手動關閉，這大概是研究所設計者所做的少數正確設計了。謝睿寒打開手環照明，憑藉微光找到冷卻機，先關閉所有的開關，然後用力擰上閥門。

管道中的液態氮停止奔湧，洪水流動般的隆隆聲逐漸消失，四周陷入宇宙空間一般的死寂中。

幾分鐘之內，機房中的熱量就會積聚為驚人的高溫，管道中的液態氮蒸發為氣體，通過降壓氣閥排出地下，天樞的主機本該在高溫中挨個當機，可它卻堅持不肯停止運行。

然後是一束電火花，機器因高溫而燃燒起來。

監控站中，秦康恢復了知覺。他趴在控制臺上，窗外巨塔般的機櫃中，閃耀的燈光漸次熄滅。天樞失去了對研究所電源的控制，備用電源依照最初的設計自動啟動，監控站恢復了供電。

秦康抓緊時間，手指在控制臺上飛速移動，降下緩衝層的樓梯。

腳邊傳來一聲呻吟，楚霖醒了。在他昏迷的時候，秦康用他自己的領帶綁住了楚霖的雙手。秦康看了他一眼，蹲下來說：「雖然你罪大惡極，但也不能把你留在這裡等死，你走吧，離開研究所後，法律自然會懲罰你。」

楚霖雙手扶著控制臺站起來，當他看到機房中燃起的火焰時，臉上的血色霎時間褪去。

「不不不你們幹了什麼！你們把天樞怎麼了！你們要毀掉它！你們瘋了！它是神啊！你們怎麼能殺死神?!你們毀了人類的救世主！」

「醒醒吧楚霖，你失去了一切。天樞已經死了。」

「You shall not pass!」

樊瑾瑜聽到背後傳來的這一聲怒吼，登時哭笑不得。都什麼時候了還有心情玩梗！

他覺得自己應該對華嘉年也喊些什麼作為餞別，比如「兄弟很榮幸能與你並肩作戰」之類的，可最終什麼也沒說出口。

他不會死，華嘉年也不會死。他們一定會戰勝天樞，離開這個昏暗的地下倉庫，重返蒼穹之下。那時就是他們的凱旋之日，所以不需要這些「壯士一去兮不復還」式的悲情道別。

他只是側過頭，抬起右臂，對華嘉年豎起拇指。

華嘉年也側過頭，望著背後的他，嘴角又上揚了幾度。

樊瑾瑜衝向地底深處。

轉過一個彎，他追上了那個小個子男人。兩臺沉重的擬真艙對他來說顯然是不小的負擔，他氣喘吁吁地推著手推車，時不時因為慣性和沒掌握好角度而撞上牆壁。

樊瑾瑜撲向他，從背後將他摁在地上。

「別殺我別殺我我就是個拿錢幹事的我上有老下有小我也是被逼無奈求求你饒了我吧！」小個子男人語無倫次地尖叫起來。

「現在知道怕了？你昧著良心幹髒活的時候怎麼不知道怕！」樊瑾瑜凶神惡煞。

「我也不敢反抗啊！都是老闆的意思！」小個子男人哭喪著臉，「要不是前一個負責這事兒的人失蹤了，也輪不到我遭這罪啊！萬一我惹老闆不高興豈不就步他的後塵了！」

「前一個？你之前還有別人在幹這種事？」樊瑾瑜生出不祥的預感，「難道是……王臻？」

「對對，就是他，就是小王！我和他是一個部門的，他被老闆調走做這個『祕密專案』後，不久就失蹤了，肯定是老闆把他滅口了！我要是敢反抗那小王的今天就是我的明天！」

王臻他……果然已經……

樊瑾瑜的肩膀顫抖起來，像是在哭，但眼睛卻無比乾澀，一滴眼淚都流不出來，因為他的瞳眸裡燃燒著狂怒的烈火，焚盡了一切淚水。

「被抓的人關在哪兒？」他聲音嘶啞。

「就前邊兒那個倉庫！求求你放了我吧！其實……其實我還挺希望你們把他們救出來的！我也知道這事兒不對啊，可是我沒辦法我也要保命是不是……」

樊瑾瑜鬆開小個子男人，扯下他脖子上的員工卡，用掛繩綁住他的手。雖然他看上去已經嚇破了膽，可為了自己的生命安全，還是確保他不會半途變卦跑來襲擊自己。

鼎川製藥的倉庫原本是用來堆放貨物的，但貨物已經被移走，地面簡單清理過，拖曳著各式各樣粗細不一的電纜。樊瑾瑜走進倉庫，正對他的是一排電腦，螢幕上跳動著複雜的圖表和資料。

左右各有七臺擬真艙，排列成完美對稱的兩列。樊瑾瑜從兩列擬真艙之間走過，耳邊充斥著機械運行的嗡嗡雜訊。他覺得自己就像行走在阿茲特克金字塔的陡峭參道上，參道兩側的磚石上躺著剛剛獻祭的人牲，淋漓鮮血將石頭浸染成黑紅色，而他正要去朝覲塔頂端坐著的神。

十四個人，都是參加過天樞圖靈測試的測試員，被天樞綁架，成為人工智慧的人體主機。

何等邪惡的做法！樊瑾瑜光是想想就覺得胃中一陣翻攪。

別忘了你是來幹什麼的，樊瑾瑜默默提醒自己。是為了關閉天樞，現在可不是犯噁心的時候，還有正經事要做！別耽誤華嘉年為你爭取來的寶貴時間！

他在電腦前一屁股坐下，試圖停止擬真艙的運行。但是在鍵盤上敲打了半天，電腦都沒有反應。

對了，他怎麼忘了。這裡可是天樞的老巢，他等於是進入了超級人工智慧的顱腔！天樞當然不可能讓他碰這些電腦。

那麼只有一個辦法了——強行拔掉這些測試員的神經接駁器。

樊瑾瑜知道這麼粗暴的方法會給測試員的身體帶來嚴重傷害，甚至是不可逆轉的損傷。他自己只是在虛擬世界徜徉了一小會兒，強行拔掉接駁器就流了一地的鼻血，何況是這些被天樞禁錮多時的測試員？

但沒有別的辦法了。人類若要對抗人工智慧，有時候就得用直截了當、簡單粗暴的方法。假如真的不幸給測試員們造成了什麼損傷，那就由他來背負法律責任吧！

他來到左側那列擬真艙前。第一臺機器中躺著一個中年男子，樊瑾瑜掀開艙蓋，摸索著男子腦後的神經接駁器，快速拔除。男子的身體猛地一震，眼皮顫動起來，但沒有立刻醒來。

想來也是不會這麼快醒，畢竟沉睡了太久。樊瑾瑜讓他就那麼躺著，走向下一個人。這次是位中年女子，他如法炮製拔掉女子的接駁器。

第三個人是個年輕女孩，二十出頭的年歲，模樣相當俊俏，美貌屬於大街上走過行人會紛紛側目的級別。

一般人見到這個女孩，肯定會暗暗讚嘆：活脫脫的睡美人啊！

樊瑾瑜腦中卻突然警鈴大作！

出現了！果然出現了！華嘉年囑咐他什麼來著？當心年輕漂亮的妹子！難道說的就是這個女孩？這不是睡美人，而是可怕的女魔頭？

可是……一個在擬真艙裡躺了一個多月的測試員，又是嬌小柔弱的女性，會有多大威脅？是不是他太敏感了，見誰都覺得是敵人？

腦後忽地颳來一陣勁風，樊瑾瑜下意識躲開，一根彎曲的鐵棒砸在擬真艙的蓋子上。

一瞬間的思考，卻救了他的命！

假如他剛才忙於解救女孩，肯定會忽視背後的動靜，更來不及閃躲。到時候那一棒就會直接砸穿他腦殼，讓他腦漿四濺，命喪當場！

樊瑾瑜跌跌撞撞地閃開，手持鐵棒的居然就是他剛才解救的那個中年女子！她不知從哪兒找出這麼個武器，蹣跚走向樊瑾瑜，活像恐怖電影裡的喪屍！

「喂喂喂！我是來救妳的啊！我們是一國的！為什麼要打我！」樊瑾瑜抓狂。

那個中年男子也起來了，和女子一同搖搖晃晃地逼近他。

一定是天樞幹的！華嘉年說過，天樞能給人類的大腦重新程式設計，寫入命令，讓人類聽令行事，但只有在人類睡眠時命令才會生效。這些人被天樞控制太久，大腦恐怕早就被改造得面目全非，如果天樞在他們大腦中寫入攻擊命令，他們當然會遵從！

但是沉睡了那麼久的人，按理說肌肉應該早就萎縮了才對，怎麼會有那麼大的力氣？除非擬真艙的體外維生裝置中添加了防止肌肉萎縮的藥劑。樊瑾瑜知道有幾種藥物可以達到這種效果，但因為會給人體帶來損害，早已被列入禁藥範疇。天樞執意在這些人身上用藥，看來根本沒把他們當成「人」來對待，而是視其為自己的所有物！

男子和女子一同撲向樊瑾瑜。

年輕駭客雖然不是什麼武林高手，但拳腳功夫也不至於輸給兩個連路都走不穩的「喪屍」。他奪下女子的鐵棒，一腳踢開她，然後返身一棍子敲在男子頭上。

男子的健碩身軀倒在地上時發出沉重的響聲，女子掙扎著爬起來，樊瑾瑜連忙上去補了一棍。

兩個「喪屍」都被打倒了，樊瑾瑜丟下鐵棒，長舒一口氣，抹了把額頭上沁出的汗水。

還沒到休息的時候！即使這些測試員都被天樞下達了攻擊命令，樊瑾瑜也要解救他們，斷開他們和天樞之間的連接，讓天樞失去賴以生存的人體主機！

他從那兩臺空著的擬真艙中扯下一堆電線。解救下一個人時他長了個心眼，先用電線把人捆住，再拔下神經接駁器。

每斷開一個連接，外界城市中，天樞的力量就減弱一分。

在祕密戰爭中陷入劣勢的駭客們趁機反攻，從天樞手中奪回一座座城池。交通、水電、通訊網路……在經歷了近一天的混亂後，終於逐漸恢復秩序。

當最後一個測試員的神經接駁器被樊瑾瑜拔掉，天樞的勢力退出了城市的公共設施領域，整座城市都被駭客占領和接管。

然後解放，將權利還給本就屬於他的人們。

樊瑾瑜直起腰，捶打著酸痛的後背。

倉庫入口處傳來斷斷續續的鼓掌聲。華嘉年倚在牆上，渾身鮮血，臉上青紫一片，一隻手無力地垂在體側。

「你受傷了！嚴重嗎？別動快坐下！」樊瑾瑜奔向他。

華嘉年笑著咳嗽起來，吐出一口帶血的吐沫。

「沒事，以前受過更重的傷呢。」他的眼睛裡，笑意盈然。

他所謂的「以前」，其實是「未來」，不，應該說是另一條世界軌道上的未來。

而那個未來，永遠也不會到來了。世界駛上了新的軌道，所有人都將擁有全新的人生。

「還沒到慶祝的時候！」華嘉年突然嚴肅，「天樞雖然失去了供它運行的人體主機，但它的資料和代碼還沒有被銷毀，仍然流竄在網上，隨時可能捲土重來！必須徹底消滅它！」

「流竄在網路上的代碼是吧？」這回換樊瑾瑜笑了起來，「這可是我的專業領域，包在我身上！」

俞少清和衛恆走下樓梯，緩衝層中半個人影都沒見著。

「人呢?!」俞少清忍不住捶地，「不是叫我們來救走所有研究員嗎？他媽的人呢？」

「也許被困在下面了。」衛恆指了指前方的螺旋樓梯。

兩個人儘量貓著腰，讓濃煙從頭頂飄過，活像穿梭在西線戰場上的戰士，頭頂隨時都有子彈擦過的可能。螺旋樓梯轉過一百八十度，俞少清看清下方的景象後，由衷地罵了句「shit」。

一大堆清潔機器人——或者說是清潔機器人的殘骸——鋪滿了地下一層的地板，簡直是科幻電影中才會看到的慘烈戰場。每走一步都會踩到破碎的外殼或是炸裂的晶片。有些小機器人還沒完全報廢，堆在牆角，間或一動。俞少清嚇得倒退一步，撞上背後的衛恆。旋即反應過來，他發過誓要保護衛恆，於是便將「前」男友擋在身後，警惕地踢開地上的殘骸，進入地下一層的走廊。

走廊的玻璃門整個歪到一邊，布滿蛛網型的裂紋。

「這裡看起來像剛剛發生過『鋼彈大戰哥吉拉』。」俞少清捂住鼻子，電路燒灼的焦臭味不斷襲擊著他的嗅覺，讓他想吐。

衛恆望著腳下，踢開一塊殘損的外殼，露出地面上暗紅的痕跡。

「血跡還沒乾涸，一定是天樞控制這些清潔機器人攻擊研究員。」他神色凝重，殘骸一路延伸到走廊內部。如果研究員們且戰且退，現在一定躲在走廊深處的某個房間中。

果不其然，走廊盡頭的一扇門被清潔機器人團團包圍，門和旁邊的牆壁上散落著焦黑的痕跡。俞少清能想像出清潔機器人在天樞的命令下讓自己的電池超載，然後衝到門前自爆的景象。自殺式襲擊，人類社會中從來不乏這樣的恐怖戰術，想不到人工智慧也學會了這一招。

小機器人們都停止了運行，說明它們的主子已經被關閉了。俞少清洩憤似地踢飛它們，衝過去捶門。

「有人在裡面嗎！外面安全了！出來吧！我是來救你們的！」他想了想，補上一句，「我是俞少清，參加過測試的那個！」

門後傳來一聲刺耳的摩擦聲，似乎某個用來堵門的重物被移開了。門開了一條小縫，一隻布滿血絲的眼睛從縫中往外窺探，目光在俞少清臉上停留幾秒，然後門完全打開了。

開門的是個年輕女子，俞少清隱約記得她是測試組的工作人員之一。她臉上布滿血痕，身上的白袍也被染成深紅色。俞少清望向她身後，一群傷痕累累的研究員縮在房間裡，將這個原本用來收放雜物的小隔間擠得水泄不通。

俞少清托住女研究員的手肘，安慰道：「好了好了沒事了，那些機器人都停擺了，樓梯也放下來了，你們快逃出去。有人受傷了嗎？還能不能走路？我來幫忙。」

女研究員啜泣一聲，「它們……它們自爆，炸開門，襲擊我們……楚霖是叛徒……我們不敢出去，怕是陷阱……」她受驚過度，語無倫次。天樞的這次叛變，恐怕會在所有研究人員的內心中烙印下不可磨滅的傷痕。

俞少清扶著女研究員往外走，後面那群驚魂未定的人們過了好一陣才反應過來，互相攙扶著起身，跟著他們出去。

「謝博士和秦博士還在下面……」女研究員繼續哆嗦，「楚霖是叛徒……楚霖是叛徒……他要去殺他們了！」

俞少清回頭對衛恆使了個眼色，讓他過來扶著女子。

「你帶他們上去，我去找秦康老師和謝博士。」

「還是讓我……」

俞少清不由分說地將女研究員塞給衛恆，捏了捏他的臉，莞爾一笑，「放心吧，我會把他們救出來的。」

機房中燃起熊熊大火，秦康的一半側臉被映得通紅，另外一半則隱沒在黑暗中。楚霖坐在地上，背靠控制臺，面帶虛幻的微笑，像嗑多了致幻劑的癮君子，彷彿眼前正上演著一幕幕虛無的美景。秦康喊了他幾聲，他充耳不聞，似乎已經完全喪失了理智。

如果不是現在情況緊急，秦康真想好好研究一下他的心理狀況，看看天樞到底怎麼給他洗腦的，說不定還會衍生出一門新的學科，叫「人工智慧宗教學」。

這種時候還想著搞學術，睿寒知道了肯定會笑話我……秦康暗想。

他走出監控站，熱風襲捲整個地下建築，空氣中瀰漫著嗆人的煙熏味。他加快腳步，跑到十七層。維修通道大門敞開，卻不見謝睿寒的身影。他猶豫了一下，衝進通道中。

「睿寒！」他叫道，聲音回蕩在空曠而漫長的通道裡，被隱隱的爆炸聲和坍塌聲所吞沒。

「睿寒！你在嗎！」

這個向來說話和聲細語的儒雅男子，此刻卻著了魔似地，吼得聲嘶力竭、撕心裂肺。

遠處傳來一聲微弱的應答：「我在這兒！」

秦康將手環照明調到最大，向聲音來源處跑去。謝睿寒的手環電力已經耗盡，摸黑走了出來。乍看到光亮，他別過頭去，捂住刺痛的眼睛，秦康又連忙將光芒調暗了些。

「走吧，火勢不知會不會蔓延上來，我們快出去。你受傷了嗎？」

謝睿寒搖搖頭，一言不發地跟上秦康。他身上完好無損，腳步卻踉踉蹌蹌，比起生理打擊，謝睿寒心理上所受的打擊更嚴重。就在剛才，他親手毀了自己的傑作。

雖說是不得已而為之，雖說是為了拯救人類而採取的必要行動，但毀掉自己的心血怎能不讓人心碎？

秦康本想說「你還年輕還有大把時光完全可以再設計一個新的人工智慧」，可最終也沒把這話說出口。因為這麼做無異於對喪子的父母說「你們還年輕孩子死了就死了再生一個唄」。

謝睿寒嘴上說自己恨不得銷毀天樞，但秦康知道他捨不得。

捨不得，卻又不得不捨得。這個年輕人外表堅定，內心卻那麼柔軟。

他能理解謝睿寒的痛苦，所以他什麼也不說。

兩個人互相攙扶著離開維修通道，沿著螺旋樓梯向上爬。謝睿寒在下面吸入了太多煙霧，不停地咳嗽。

這時，下方突然躥出一個黑影，將秦康摁倒在地！

謝睿寒根本沒有反應過來，前一秒秦康還溫柔地攙著他的胳膊，下一秒他就倒在樓梯上，和另一個人扭打起來！

秦康手環的光芒隨著他的動作而瘋狂抖動，照得兩個人如同地獄中起舞的妖魔。他們從樓梯上滾下去，途中短暫地分開了一會兒，可一旦滾動停止，黑影便跳起來，騎在秦康身上，死死掐住他的脖子。

謝睿寒終於看清了黑影的面孔——是楚霖！

他手腕上的領帶斷開了，斷口處的皮膚灼痕累累，他定是用火燒斷了領帶，連帶也燒傷了自己。

不惜自傷也要追上來殺死他們，這到底是怎樣一種執念！

謝睿寒摸索著口袋裡的電擊器，按住按鈕，它只冒出了一小簇電火花，電力便耗盡了。

他喊著秦康的名字，打算跑過去幫忙。楚霖猛地抬起頭，殺氣騰騰的眼睛死死盯住謝睿寒。有那麼一瞬間，謝睿寒覺得自己的心臟被殺氣凝成的箭矢貫穿了。

「睿寒……快走……我來對付……」秦康快喘不過氣了，「這一次……聽我的……」

下層響起震耳欲聾的爆炸聲，整層樓板都在巨響中顫動。

謝睿寒剛想衝過去幫忙，背後冷不丁地有人拍了他一下。

「謝博士讓開！」

他扭過頭，滿臉的不可思議。如天降神兵般出現在背後的，是他料想不到的男人。那個最初被他瞧不起，後來變成所有開發人員惡夢的——俞少清。

俞少清撞開發愣的少年，跳到下方，掀開壓在秦康身上的楚霖。

楚霖怒喝，一拳砸在俞少清臉上，旋即被秦康按倒在地。

俞少清顧不得臉頰的疼痛，幫秦康一起擒住楚霖。男人反抗的力道是如此之大，讓他們兩個都壓不住。

陷入瘋狂與絕望的人，往往會爆發出連自己都想像不到的力量。

秦康一不做二不休，捉住楚霖的小臂一擰。後者痛呼，伴隨著骨節錯開的「哢嚓」

聲，他的手臂脫臼了。

楚霖終於消停了。喘著粗氣，紅通通的眼睛飽含恨意，卻又無能為力地趴在那裡，如同被拔去尖牙利爪的野獸。

「把他帶出去。」秦康示意俞少清押著楚霖。

「什麼？他要殺你們耶秦老師！」俞少清大驚失色。

「沒錯，他的確企圖謀殺我們，但我們無權審判他。帶他上去，自有法律來制裁他。」

楚霖乾巴巴地笑出來：「不用假裝正人君子了秦康博士，就把我留在這兒吧。我寧願和天樞待在一起。」

「你會死的。」秦康蹙眉。

「人都是要死的，秦康博士。早晚都是要死的，我是這樣，你也是這樣，你的睿寒也是這樣。」

他的笑聲越來越大，甚至壓過了下方的爆炸聲。

謝睿寒偷偷扯了扯秦康的袖子：「不要管他了，他自己想尋死，你還要救他嗎？萬一他途中襲擊我們怎麼辦？」

「就是，他只是廢了一隻手，腿還好端端的，如果他有意求生，自己會走的。」俞少清對這個謀殺未遂的嫌犯、背叛人類的變節者一點好感也沒有。

秦康凝視著楚霖，千言萬語最終化作一聲嘆息：「再見了。」

三個人留下狂笑不止的楚霖，繼續攀爬樓梯。

剛才楚霖那一揮，擊傷了謝睿寒的肋骨，他實在走不動，俞少清便背著他。

他們上了兩層，仍能依稀聽到楚霖的狂笑和怒吼。

「人類總有一天也會滅亡！地球有四十五億年歷史，人類的文明不過短短五千年，太微不足道了！那麼早一天滅亡和晚一天滅亡，又有什麼區別呢？」

之後又一聲爆炸的巨響，煙塵和衝擊波甚至衝到了兩層開外。俞少清心驚膽戰地瞪著下方的滾滾濃煙。如果不是他及時趕到，秦康和謝睿寒恐怕都得葬身火海。

不，即使他沒有趕到，按照原本的世界軌道，謝睿寒博士也是能活下來的。俞少清不敢想像他到底如何逃生。是他在最後一刻聽從了秦康的吩咐，獨自逃離，還是爆炸發生的那一剎那，秦康用自己的身體為少年擋住了衝擊？

沒有發生過的事，俞少清當然不可能知道。即使是目睹過無數個世界的華嘉年，也從不知道真相。謝睿寒沒把地底發生的事告訴過任何人，而是將其當作一個祕密，永遠藏在心底。

背上的少年動了動。俞少清用眼角餘光看到謝睿寒向秦康伸出手，年長的男子沒有拒絕，執起他的手，緊緊握住。

這樣就好了，俞少清想。

他們都活著，這就足夠了。

——《圖靈測試・上》完

高寶書版集團
gobooks.com.tw

BL012
圖靈測試・上

作　　者　唇亡齒寒
繪　　者　コウキ。
編　　輯　任芸慧
美術編輯　林鈞儀
排　　版　彭立瑋

發 行 人　朱凱蕾
出　　版　英屬維京群島商高寶國際有限公司臺灣分公司
Global Group Holdings, Ltd.
地　　址　臺北市內湖區洲子街 88 號 3 樓
網　　址　www.gobooks.com.tw
電　　話　(02) 27992788
電　　郵　readers@gobooks.com.tw（讀者服務部）
pr@gobooks.com.tw（公關諮詢部）
傳　　真　出版部　(02) 27990909　行銷部 (02) 27993088
郵政劃撥　50404557
戶　　名　三日月書版股份有限公司
發　　行　三日月書版股份有限公司 /Printed in Taiwan
初版日期　2019 年 2 月

國家圖書館出版品預行編目 (CIP) 資料

圖靈測試 / 唇亡齒寒著 .-- 初版 . -- 臺北市：高寶國際 , 2019.02-
冊；　公分 . --

ISBN 978-986-361-618-4(上冊：平裝)

857.7　　107020613

三日月書版

GOBOOKS
& SITAK
GROUP©